Michael Phillips

Am Anfang der Ewigkeit

Über den Autor

Michael Phillips, Jahrgang 1946, betrieb während seines Physik- und Mathematikstudiums einen kleinen Buchladen und entdeckte dabei seine Liebe zum Schreiben. Seitdem hat er rund 50 Bücher verfasst, darunter Bestseller wie „Die Russland-Saga", die „Stonewycke"-Reihe oder „Das Geheimnis der Rose". Außerdem ist er profunder Kenner von C. S. Lewis und George MacDonald, den er als seinen geistlichen Mentor betrachtet. Über Letzteren hat er auch eine Biografie veröffentlicht. Er ist verheiratet, hat drei Söhne und lebt in Kalifornien.

Michael Phillips

Am Anfang der Ewigkeit

Roman

Aus dem Englischen
von Antje Balters

GerthMedien

Inhaltsverzeichnis

Vorwort 7
Einleitung 13
1: Überlegungen 19
2: Ein Erwachen 33
3: Eine Frage und eine Wahl 41
4: Der Naturwissenschaftler 51
5: Beunruhigende Aussichten 61
6: Das junge Genie und der mutige Junge 69
7: Der Zweck des Feuers 81
8: Die Stadt der Absonderung 89
9: Ein neuer Begleiter 103
10: Die große Entscheidung 115
11: Die Wüste der Selbstprüfung 125
12: Im Garten der Augenblicke 135
13: Das Feuer, das nicht zerstört 143
14: Auf dem Hügel des Verrats 151
15: Am Meer der geschliffenen Seelen 161
16: Die Stadt der Schulden 175
17: Heilung der Vergangenheit 187
18: Die Wasser der Vergebung 199
19: Am Rande des Feuers 211

20: Die Schule der Kindschaft 221
21: Die Menge am Abgrund 231
22: Die äußere Dunkelheit 239
23: Das verzehrende Feuer 251
24: Das Alabasterherz 265
25: Der weiße Stein 273
Schlusswort von Michael Phillips 281

Vorwort

Von William Paul Young,
dem Autor von *Die Hütte* und *Der Weg*

Wer würde sich schon vorwagen in dieses unbekannte Land jenseits von Raum und Zeit, in die Äonen, die nach dem Tod folgen und zu denen es in der Bibel immer wieder Andeutungen und Hinweise gibt, so wie beispielsweise das Feuer, durch das alle hindurchmüssen? Und wer wäre wohl so kühn, auf eine solche geistige Fantasiereise auch noch andere einzuladen?

Ein bekannter Schriftsteller und Theologe hat kürzlich Folgendes geschrieben: „Manche der modernen Theologen sind der Meinung, dass das Feuer, das sowohl verbrennt als auch rettet, Jesus selbst ist, der Richter und Retter. Die Begegnung mit ihm *ist* bereits der entscheidende Akt des Gerichts. Unter seinem Blick löst sich alle Falschheit auf. Diese Begegnung mit ihm lässt uns ganz wir selbst werden, indem sie uns verbrennt, verwandelt und befreit. Alles, was wir in unserem Leben aufgebaut haben, kann sich als reines Stroh, als pures Getöse erweisen, und bricht zusammen. Aber genau im Schmerz dieser Begegnung, wenn uns deutlich wird, wie unrein und krank unser Leben ist, liegt die Rettung … Es ist klar, dass wir die *Dauer* dieses verwandelnden Verbrennens nicht anhand der chronologischen Maßeinheiten dieser Welt berechnen können. Der verändernde *Moment* dieser Begegnung entzieht sich der irdischen Zeitrechnung – er ist Herzenszeit, die Zeit des *Durchgangs* zur Gemeinschaft mit Gott im Leib Christi."

In seinem „Schlusswort" zitiert Michael Phillips C. S. Lewis' Warnung aus *Die Große Scheidung*: „Ich bitte meine Leser zu bedenken, dass dies Fantasie ist. Aber die jenseitigen Zustände sind nichts weiter als eine Annahme der Einbildungskraft. Sie sind nicht einmal eine Vermutung oder Spekulation über das, was uns tatsächlich erwartet. Nichts möchte ich weniger ermutigen als eine auf Tatsachen und Einzelheiten des Jenseits gerichtete Neugier."

Das ist eine angemessene Warnung – wir mühen uns ab zwischen dem Genuss der horizonterweiternden Möglichkeiten der Fiktion und dem Anspruch, unsere Forderung nach dogmatischer Sicherheit und Klarheit zu erfüllen. Und gerade weil diese Art des Schreibens besonders wirkungsvoll den Raum für unsere Gedanken und Vorstellungen erweitern und vergrößern kann, sind wir ihr gegenüber auch besonders misstrauisch, weil Fiktion durchaus die Kraft hat, der vermeintlichen Sicherheit unserer selbst gewählten egoistischen und eigennützigen Paradigmen Gewalt anzutun.

Michael Phillips bietet einen atemberaubenden und wichtigen Beitrag zur Welt der traditionellen theologischen Allegorien und schließt damit an Bunyans *Pilgerreise* und C. S. Lewis' *Pilgrim's Regress* an. Ich persönlich wünschte, ich hätte dieses Buch geschrieben, aber das wäre höchst unwahrscheinlich, denn ich bin erst 58 Jahre alt, und im Unterschied zu Michael Phillips habe ich noch nicht genügend Zeit gehabt, um mich tief genug in die Kräuter und Gewürze des *Schotten* (George McDonald) und des *Don* (C. S. Lewis) zu versenken. Phillips hat die Beschäftigung mit diesen beiden brillanten Theologen und Literaten zu einem Teil seines Lebenswerkes gemacht. Diese lebenslange Aufgabe hat sich ausgezahlt, indem er uns jetzt einen Roman liefert, der der beiden Helden der Literatur und des Glaubens absolut würdig ist. Sein Buch ist unbeschreiblich schön und verblüffend in Bezug auf seine Wirkung.

Natürlich hat die Tradition, sich das Leben im Jenseits vorzustellen, alte Wurzeln, von den Psalmisten über Dante und viele mehr. Wie Frederick Buechner uns in *Wishful Thinking: A*

Theological ABC erinnert, ist jedes imaginative Werk eine Einladung, zu reflektieren und zu reagieren, zuzustimmen und anderer Meinung zu sein und so eine gemeinsame Vorstellung davon zu entwickeln, was nach dem Tod kommt:

Dante sah über dem Tor zur Hölle die Worte „Lasst, die ihr eintretet, alle Hoffnung fahren!" geschrieben, aber das muss er falsch gesehen haben. Wenn es in der Hölle ein Leben voller Leid gibt, dann muss es dort auch Hoffnung geben, denn wo Leben ist, da ist auch der Herr und Geber des Lebens, und dort, wo Leid ist, ist er auch, denn das Leid derer, die er liebt, ist auch sein Leid. „Hinabgestiegen in das Reich des Todes", heißt es im Glaubensbekenntnis, „und bettete ich mich bei den Toten, siehe, so bist du auch da" (Psalm 139,8). Es scheint so, als ob es nichts gibt, was so tief wäre, dass er sich nicht bis dorthin herablassen würde.

Dieser Roman wird für viele eine echte Herausforderung sein. Manche werden darin sofort eine Einladung zum Sprung in einen Fluss sehen, der kaum je befahren wird und auf dem selbst das Floß im Laufe des Abenteuers neu definiert werden wird. Andere werden sich nicht trauen, den Sprung zu wagen und die Möglichkeit einzugestehen, dass Fliegen möglich oder erstrebenswert sein könnte. Für viele von uns ist die Offenheit für diese Dinge eine Frage des Timings, und wir haben zwar keinen Einfluss auf den richtigen Zeitpunkt, aber wir spüren sehr wohl, wenn er sich nähert. Ich habe allerdings meine Zweifel daran, dass irgendjemand, der sich in diese Worte hineinwagt, mit unveränderter Seele wieder daraus hervorkommen wird. Dieses Buch hat eine Tiefe der Bildsprache, die außerhalb des Normalen liegt und einzigartig verblüffend und inspirierend ist.

Wenn ich Lewis und MacDonald lese, und jetzt auch Phillips, dann möchte ich danach mehr sein, als ich schon bin, beständiger und aufrichtiger, ein authentischerer Mensch, mehr ein Kind, das noch kindlich ist und die Sünde nicht kennt und keine Erinnerungen angehäuft hat, zu denen Bilder der Dummheit und Voreingenommenheit und der Reue gehören. Ich möchte freundlicher und großzügiger sein, jemand, der die Sehnsucht und Hoffnung und Liebe besser ausdrücken kann, die hartnäckig in seinem Innern aufkommt.

Der bekannte Autor, den ich oben zitiert habe, ist der frühere Papst Benedikt. Der zitierte Abschnitt stammt aus *Spe Salvi*, Abschnitt 47. Was Benedikt in theologischer Sprache wagt, das traut sich Phillips, indem er sich der Fiktion und der Allegorie bedient. Was die beiden verbindet, ist nicht Spekulation, sondern die klare Offenbarung des Wesens Gottes als Vater, Sohn und Heiliger Geist; die Konstante, die sowohl dem Glauben als auch der Kreativität Grundlage und Glaubwürdigkeit gibt.

Einleitung

Wer Bücher von C. S. Lewis gelesen hat und von George MacDonald, der wird feststellen, dass das Folgende einige Ähnlichkeiten mit bestimmten Werken meiner beiden literarischen Freunde und auch mit meinem eigenen Buch aufweist.

Ich habe mir von ihnen ganz bewusst Bilder ausgeborgt, um etwas ganz besonders Wichtiges zu vermitteln, das, was auch C. S. Lewis im Vorwort zu seinem Klassiker *Die große Scheidung* sagt: nämlich dass wir nicht wissen und auch gar nicht wissen können, was das Leben nach dem Tod für uns bereithält. Das stimmt.

Aus diesem Grund glaube ich, dass es vor einer zu starken Hervorhebung eines bestimmten Motivs oder vor Irrtümern in einer anderen Richtung bewahrt, wenn ich auf eine große Bandbreite von „Annahmen der Einbildungskraft" zurückgreife, wie Lewis selbst sie bezeichnet. Deshalb nehme ich meine beiden Mentoren im Geiste in Anspruch, um das Fundament meiner eigenen „Annahmen der Einbildungskraft" zu erweitern und diesem Versuch auch noch ein gewisses Maß an Interesse und Spaß abzugewinnen.

Ich bin sicher, George MacDonald war begeistert darüber, eine entscheidende Rolle im imaginativen Werk von Lewis zu spielen, und ich hoffe, dass es den beiden nichts ausmacht, jetzt in meinem literarischen Werk zur Mitarbeit genötigt zu werden. Ich möchte die beiden Literaten jedoch weder imitieren noch kopieren, sondern ihnen auf diese Weise meinen Respekt erweisen für ihren Beitrag zu der wichtigen Diskussion darüber, welchen ewigen Plan Gott mit seiner Schöpfung hat.

Michael Phillips

Und wieder …

Für George MacDonald und C. S. Lewis …
Würdige Mentoren mit breiten Schultern,
die den Weg bereitet haben.

Als ich ihn sah, fiel ich wie tot vor seinen Füßen zu Boden. Er legte seine rechte Hand auf mich und sagte: „Hab keine Angst! Ich bin der Erste und der Letzte. Ich bin der Lebendige! Ich war tot, doch nun lebe ich in alle Ewigkeit. Ich habe Macht über den Tod und die Totenwelt …"

Allen, die durchhalten und den Sieg erringen, werde ich von dem verborgenen Manna zu essen geben. Jeder und jede von ihnen wird einen weißen Stein bekommen; darauf steht ein neuer Name, den nur die kennen, die ihn empfangen.

Ich rate euch: Kauft von mir Gold, das im Feuer gereinigt wurde; dann werdet ihr reich! Kauft euch weiße Kleider, damit ihr nicht nackt dasteht und euch schämen müsst!

Offenbarung 1,17–19; 2,17; 3,18 (GN)

1

Überlegungen

Ich hatte schon seit ein paar Monaten vorgehabt, mich eine Zeit lang zurückzuziehen, um wieder zu schreiben. Mein Terminkalender war der helle Wahnsinn gewesen in den vergangenen zwei, drei Jahren, seit mein Buch *Der Christus-Mythos* auf Platz 1 der New York Times-Bestsellerliste gestanden hatte. Ich war ziemlich ununterbrochen unterwegs gewesen zu Lesungen, Vorträgen, Fernsehauftritten, Autogrammstunden und Rundfunkinterviews, und sogar ein Besuch im Weißen Haus in Washington und beim Premierminister in London in der Downing Street war dabei gewesen. Ich hatte deshalb kaum Zeit für mich selbst gehabt.

Schon lange vor Erscheinen meines Buches war ich bekennender Atheist gewesen, aber mit so heftigen Reaktionen auf die Aussagen darin hatte ich nicht gerechnet. Natürlich hofft jeder Autor, dass er den Nerv der Zeit und der öffentlichen Meinung trifft mit dem, was er schreibt, aber ich hatte ehrlich gesagt völlig unterschätzt, wie viele denkende Männer und Frauen in der westlichen Welt bereit waren, den schädlichen Einfluss von Religion im Allgemeinen und den des Judentums und des Christentums im Besonderen zu bestätigen. Ich war darüber natürlich höchst erfreut, aber dass etliche Millionen von Menschen so begeistert meine Herausforderung annahmen, den uralten Voodoozauber des Ersteren und die engstirnigen Überzeugungen des Letzteren abzulegen, das war sowohl für mich als auch für meinen Verleger eine echte Überraschung gewesen. Die maroden Denkgebäude der beiden Glaubenssysteme fielen unter einer genaueren Überprüfung durch die Moderne in sich zusammen, und ich war glücklich darüber, zu diesem Zusammenbruch einen Beitrag zu leisten.

Die Zeit seitdem war zwar aufregend und beglückend

gewesen, aber auch hektisch und anstrengend. Ich hatte einen Folgeband zu dem ersten Buch im Kopf, und zwar eine historische Chronik der Exzesse, Grausamkeiten und des Bösen, das das Juden- und Christentum von den Anfängen bis in die Gegenwart angerichtet hatte. Und auch an einen dritten Band dachte ich schon, in dem ich alle philosophischen Argumente und Beweise gegen die Existenz Gottes zusammentragen wollte, von den alten Griechen bis hin zum aufgeklärten wissenschaftlichen Rationalismus der Gegenwart. Ich hatte nämlich im Laufe der Zeit die Erfahrung gemacht, dass die Menschen in ihrem tiefsten Inneren selbst auf dem Sterbebett noch über so viel gesunden Menschenverstand verfügten, dass sie das Offensichtliche erkennen konnten – nämlich, dass es ein Wesen wie „Gott" einfach nicht geben kann. Gleichzeitig waren aber die meisten so sehr an einen überlieferten Aberglauben gebunden, dass sie Angst hatten, sich das einzugestehen. Ich hoffte, die sachlichen historischen und philosophischen Beweise liefern und ihnen dadurch die Möglichkeit eröffnen zu können, diesen Aberglauben hinter sich zu lassen und die Freiheit modernen, fortschrittlichen Denkens ergreifen zu können. Durch meinen übervollen Terminkalender war ich allerdings mit den beiden Folgebänden noch kein Stück weitergekommen.

Schließlich schaufelte ich mir einfach zwei Wochen frei und blockte diesen Zeitraum dann konsequent in meinem Kalender. In dieser Zeit wollte ich mich in die Berghütte eines Freundes in den Rocky Mountains in Colorado zurückziehen und hoffte, zumindest eine Gliederung der beiden geplanten Folgebände zustande zu bekommen, einen groben inhaltlichen Abriss und vielleicht sogar die Rohentwürfe von zwei, drei Kapiteln jedes der beiden Bücher.

Außerdem wollte ich wieder regelmäßig etwas für meine Gesundheit tun, denn auch das hatte ich seit dem Erscheinen meines ersten Buches aus lauter Hektik und Zeitdruck vernachlässigt. Früher war ich regelmäßig gelaufen, aber weil ich fast nur noch in Hotels wohnte, immer wieder mit dem Jetlag zu kämpfen hatte und zudem ständig an Orten war, an denen ich mich überhaupt nicht auskannte, war Joggen schwierig, und das Training in Fitnessräumen an Maschinen war absolut nicht mein Ding. Erschwerend kam noch hinzu, dass meine Ernährung unterwegs meiner Gesundheit nicht gerade zuträglich war, denn ich aß eigentlich ausschließlich in Restaurants, was deutlich an meinem Bauchumfang zu erkennen war. Seit Erscheinen des Buches hatte ich rund zehn Kilo zugenommen, und beim Treppensteigen schnaufte ich stärker, als mir lieb war. Ich hatte schon immer einen leicht erhöhten Cholesterinspiegel gehabt, den ich allerdings durch das regelmäßige Joggen immer ganz gut im Griff gehabt hatte, aber jetzt war nicht nur mein Gewicht, sondern auch mein Cholesterinwert deutlich zu hoch. Mein Arzt hatte mir geraten, ein cholesterinsenkendes Medikament zu nehmen, aber das wollte ich nicht. Ich versicherte ihm, dass ich bald wieder regelmäßig laufen würde und sich dann mein Gewicht und die Cholesterinwerte von selbst wieder einpendeln würden.

Das war also eine zweite Priorität für meinen zweiwöchigen Rückzug in die Berge. In der unmittelbaren Umgebung der Hütte gab es jede Menge Wege, die sich ideal zum Wandern und Joggen eigneten. Ich würde also jeden Tag laufen und mich außerdem gesund ernähren. Das nächste Restaurant war fast zehn Kilometer entfernt, und meine Frau hatte mir für zwei Wochen vorgekochte Mahlzeiten eingepackt und alles an

Lebensmitteln, was ich sonst noch brauchte – Haferflocken, Salat, viel frisches Obst und Gemüse, Säfte, gesunde Snacks, Käse, Nüsse, Vollkornbrot, Joghurt, mehrere gegrillte Hühnchen ... also echtes Gesundheitsessen. Und es gab dort meilenweit weder Cola noch Big Macs!

So machte ich mich also in der dritten Juniwoche auf den Weg in die Berge. Das Auto war schwer beladen mit Literatur für die Recherche zu den geplanten beiden Büchern, zwei Laptops, meinen Laufschuhen und mehreren randvollen Kühlbehältern mit dem gesunden Proviant, den meine Frau liebevoll hergerichtet hatte.

Und noch ein weiterer Punkt stand auf meiner To-do-Liste – ein bereits ewig aufgeschobener Brief an meinen Vater, und dieser Punkt würde sich möglicherweise sogar als das schwierigste Projekt von allen erweisen. Ich hatte meinen Vater immer als distanziert, kühl und überkritisch empfunden. Nichts, was ich tat, war ihm je gut genug gewesen. Nie hatte ich seine Zustimmung oder gar Anerkennung gewinnen können. Lange hatte ich unter dem Druck gelitten, den das bei mir erzeugte, aber während meines Studiums hatte ich mich dann emotional völlig von ihm distanziert und das hatte sich seither auch nicht wieder geändert. Wir hatten eine dieser sogenannten „entfremdeten" Beziehungen, die ja in der heutigen Zeit offenbar völlig normal sind. Mit den „Verletzungen", so nannte man das wohl, zu denen diese kalte und überkritische Haltung meines Vaters bei mir geführt hatte, ging ich auf meine ganz eigene Art um. Ich las ein paar populärwissenschaftliche psychologische Bücher, die mir bestätigten, dass ich trotz der Narben, die das Verhalten meines Vaters bei mir hinterlassen hatte, ganz okay war. Unsere Beziehung blieb jedoch angespannt, schwierig und wortkarg.

Ich weiß, dass meine unverblümt atheistischen Ansichten für meinen Vater und meine Mutter ein Problem waren. Meine Eltern waren zwar keine gläubigen Menschen, und ich war in einem ganz und gar modernen und fortschrittlichen Umfeld groß geworden, aber dass ich zum internationalen Wortführer des Atheismus wurde, das war selbst für sie etwas zu viel. Vor etwa einem halben Jahr hatte ich jedoch von meinem Vater einen sehr offenen und aufrichtigen Brief bekommen, und ich hatte noch immer keine Ahnung, wie ich darauf reagieren sollte. Es sah ihm so gar nicht ähnlich, sich dermaßen offen, ehrlich und von Herzen mitzuteilen. Im Wesentlichen stand in dem Brief, dass er mich liebte, dass er wisse, wie sehr er mich in vielerlei Hinsicht enttäuscht habe, dass er aber sehr stolz auf mich sei … als Mensch und auch als Mann. Er könne zwar nicht alle meine Ansichten teilen, sei aber geehrt, dass ich sein Sohn sei. Als ich den Brief gelesen hatte, war mein erster Gedanke gewesen, dass er unheilbar krank sein musste und jetzt versuchte, mit allen Menschen ins Reine zu kommen, die ihm etwas bedeuteten. Es stellte sich jedoch heraus, dass dies nicht der Fall war.

Sein Brief hatte mich so durcheinandergebracht, dass ich die Beantwortung jetzt schon ein halbes Jahr lang vor mir herschob, aber mir war auch klar, dass das nicht ewig so weitergehen konnte. Ich wusste nicht, was ich schreiben sollte, ob ich eingestehen sollte, wie sehr mich der Zustand unserer Beziehung quälte, aber schreiben *musste* ich ihm auf jeden Fall.

Bei strahlendem Sonnenschein kam ich nachmittags an der etwa in zweitausend Meter Höhe gelegenen Berghütte an. Die Luft dort oben war frisch und klar. Es lagen noch letzte Reste von Schnee, und die Berggipfel um mich her waren alle noch weiß. In welcher Höhe ich mich befand, spürte ich sofort, als ich meine Sachen aus dem Wagen lud und ins Haus brachte. Wenn ich zu Hause beim Treppensteigen schnaufte, so genügte hier bereits die geringste Anstrengung, um völlig fertig zu sein. Schon nachdem ich die ersten beiden Bücherkisten vom Auto zur Veranda getragen hatte, musste ich mich hinsetzen und verschnaufen!

Puh!, sagte ich zu mir selbst. *Joggen in zweitausend Meter Höhe – das kann ja heiter werden. Entweder es bringt mich um, oder ich werde ganz schnell wieder topfit.*

Den ersten Abend genehmigte ich mir noch Freizeit. Ich machte ein Feuer in dem riesigen Kamin aus Naturstein an, packte dann meine Bücher und Computer aus und richtete mir meinen Arbeitsplatz ein, sodass ich am nächsten Morgen gleich loslegen konnte. Nachdem ich noch meine Familie angerufen hatte, um mitzuteilen, dass ich gut angekommen sei, machte ich einen – sehr langsamen – Spaziergang in der kühlen Abendluft. Dann läutete ich den Abend mit einem der leichten mitgebrachten Abendessen ein, gefolgt von einer Tasse Tee und einem Buch, das ich einfach zum entspannten Lesen mitgebracht hatte.

Ich schlief tief, traumlos und lange. Nur manchmal spürte ich im Halbschlaf, wie sich meine Lunge mit der köstlich kühlen, frischen Luft füllte, wobei es sich beinah anfühlte, als tränke ich sie, als trüge sie die nächtliche Brise von einem der kristallklaren Bergbäche zu mir, die von dem Wasser der Gletscher hoch oben auf den Berggipfeln gespeist wurden.

In der Nacht wurde es richtig kalt, also machte ich am Morgen als Erstes Feuer im Kamin und kochte eine Kanne Kaffee. Während ich darauf wartete, dass es in der Hütte warm wurde, zog ich alle Sachen an, die ich dabeihatte, und trat mit einem dampfenden Becher Kaffee hinaus auf die große Holzveranda, die um die gesamte Hütte lief, um mir das Schauspiel anzusehen, wie die Sonne ganz langsam über den Bergen aufging.

Ich setzte mich nacheinander auf mehrere der Stühle auf der Veranda und genoss den atemberaubenden Blick. In solchen Augenblicken verspürte ich doch so etwas wie neidvolle Bewunderung für das Argument der Christen, dass *all das* um mich her unmöglich nur durch Zufall entstanden sein könne. Das war das denkbar menschlichste Argument dafür, dass die Schöpfung von der Hand Gottes hervorgebracht worden sein muss, auch wenn diese Schlussfolgerung natürlich fehlerhaft war. Allerdings war das Argument – dass jeder Plan einen Planer haben muss, jedes Gemälde einen Maler, jede Erfindung einen Erfinder, jedes Meisterwerk einen Meister – ja an und für sich nicht völlig abwegig. Der Darwinismus hatte ohne jeden Zweifel bewiesen, dass sehr wohl vieles in der Natur ohne Planung oder einen Plan entstanden ist. Alles, was wir tagtäglich um uns her sehen, ist zwar der vielfache Beweis für Schönheit, Ordnung, Struktur, Symmetrie … aber es ist eben auch einfach nur ein Produkt der physikalischen Gesetze des Universums, mehr nicht. Wenn man bis ganz zum allerersten Ursprung zurückgeht, dann ist das Argument eines Planes als Beweis für die Existenz Gottes erledigt. Doch wie gesagt, ich fand, dass es immerhin ein achtbares Argument war. Die schiere Schönheit und das Wunder dieser Welt konnten einen wirklich mit Ehrfurcht erfüllen.

Ich trank einen Schluck Kaffee und dabei drifteten meine Gedanken weiter zu der allgegenwärtigen Dichotomie, mit der Atheisten wie Deisten gleichermaßen konfrontiert sind, und zwar dem verwirrenden, faszinierenden, unlösbaren Zusammenspiel von Glaube und Zweifeln.

Lässt sich die Existenz Gottes *beweisen*? Natürlich nicht. Es hat ihn noch nie jemand gesehen. Lässt sich aber andererseits beweisen, dass es Gott *nicht* gibt?

Genau diesem Anliegen, öffentlich für die Richtigkeit dieser letzteren Schlussfolgerung zu sprechen, widmete ich mein Leben, selbst wenn mir natürlich wie jedem anderen klar war, dass es auch dafür keinen Beweis gibt. Ich war bereit, mein Leben einzusetzen für die Überzeugung, dass alle Indizien – ja sogar die Fakten – für den Atheismus sprechen.

Doch die Christen waren da nicht so überzeugt. Wo war mein Beweis? Die Menschen glauben, was sie glauben wollen. Sie glauben, was sie glauben, weil sie sich dafür entscheiden.

Atheismus und Deismus versuchten also beide, etwas zu erforschen, was sich der menschlichen Erkenntnis entzieht. Das ist das große Patt des Universums. Es gibt keine hieb- und stichfesten Beweise.

Wenn ich jetzt also den Versuch unternahm – und ich hoffte, noch an diesem Tag damit beginnen zu können –, die vielen Argumente und sogenannten Beweise beider Seiten zu dieser Frage gegenüberzustellen, war mir klar, dass ich nicht davor zurückschrecken durfte, genau diesen Aspekt des philosophischen Problems anzugehen. Ich konnte nicht *beweisen*, dass es keinen Gott gab, genauso wenig wie die Christen *beweisen* konnten, dass ein Mann namens Jesus vom Tod auferstanden ist.

Ich lächelte vor mich hin, als ich mich an einen Wortwechsel mit einem temperamentvollen jungen Christen in einer Frage-und-Antwort-Session ein paar Tage zuvor erinnerte.

„Wenn Sie recht haben“, hatte er gegen meine Thesen argumentiert, „dann ist es doch sowieso egal. Dann gibt es kein Leben nach dem Tod, und niemand wird es je erfahren. Wenn Sie unrecht haben und es Gott wirklich gibt, dann werden Sie eines Tages aufwachen und sich in der Hölle wiederfinden. Warum dieses Risiko eingehen?“

Das war das einfältigste aller Argumente von Christen – die klassische Argumentationsschiene, die auf etwas beruht, das man als „Pascals Wette“ bezeichnet. Diese Argumentation ist bei den Christen offenbar besonders beliebt. Mindestens einmal pro Monat wurde sie mir als Begründung für religiöse Überzeugungen präsentiert.

Eine kindischere Argumentation war allerdings kaum denkbar. Was war mit der Wahrheit, von der sie so gern sprachen? Das Warum-das-Risiko-eingehen-Argument war kein bisschen schlüssiger als das idiotische alte „Es steht in der Bibel und deshalb glaube ich es“.

Andererseits zeigte die Ungewissheitsargumentation, wie ich sie nannte, dass Zweifel bei philosophischen und religiösen Fragen eine ebenso große Rolle spielen wie Glaube. War denn überhaupt jemand frei von Zweifeln? Ich hatte mit genügend ehrlichen und aufrichtigen Christen gesprochen, um zu wissen, dass es, wenn sie sich selbst gegenüber wirklich brutal ehrlich waren, bei allen Zeiten gab, in denen sie sich fragten, ob das, was sie glaubten, wirklich wahr war. Allerdings waren Christen, die das zugeben konnten, schon etwas sehr Ungewöhnliches.

Was mich anging, so hatte ich eigentlich keine Zweifel an meinen Überzeugungen. Ich hatte keine Angst, eines Tages Gott zu begegnen und von ihm ins Höllenfeuer geworfen zu werden. Komischerweise gab es aber auch Zeiten, da gestattete ich es mir, in Bezug auf eine solche Begegnung meiner Fantasie freien Lauf zu lassen. Das würde wirklich ein peinliches Zusammentreffen werden!

Ich hätte natürlich niemals zugegeben, dass es irgendwo in meinem Hinterkopf eine solche Vorstellung gab, so wie sich ja auch die meisten Christen ihre Zweifel nicht eingestanden. Und niemals hatte ich solche Gedanken – weder in gedruckter noch in gesprochener Form – auch nur angedeutet … und würde es auch niemals tun. Nicht auszudenken, was es für meinen Ruf als angriffslustiger Atheist bedeutet hätte, wenn mir so etwas herausgerutscht wäre! Meine Kollegen hätten sich auf jeden Fall endlos das Maul darüber zerrissen. Und das wirklich Allerletzte, was ich mir wünschte, war eine Reihe von Gebetsfrühstücksveranstaltungen, bei denen mein Seelenheil der Haupttagesordnungspunkt war.

Dennoch verlieh der Aspekt von Glaube und Zweifel einer ansonsten doch ziemlich unpersönlichen philosophischen Debatte eine faszinierende Dosis persönlicher Note.

Während ich meine Überlegungen fortsetzte, die sich nach und nach zu den Themen verbanden, wegen denen ich hergekommen war, ging ich wieder ins Haus zurück. Es war immer noch kalt in der Hütte, aber ich war jetzt so weit, etwas zu essen und mich dann an die Arbeit zu machen.

Im Laufe des Tages überfiel mich dann aber trotz des erfrischenden Schlafes in der vergangenen Nacht nach und nach eine große Trägheit und Lustlosigkeit. Ich fühlte mich nicht zehn, sondern zwanzig Kilo schwerer, und das Atmen machte mir solche Mühe, dass es richtig unangenehm war. Die Auswirkungen der Höhenluft waren doch heftiger, als ich angenommen hatte.

Eigentlich hatte ich vorgehabt, an diesem Nachmittag das erste Mal joggen zu gehen, doch stattdessen hielt ich einen Mittagschlaf, nach dem ich noch müder und kurzatmiger war.

Als ich schließlich am Abend ins Bett ging, war ich völlig fertig.

2

Ein Erwachen

Meine zweite Nacht in den Bergen verlief nicht so angenehm wie die erste. Ich wurde häufig wach und hatte jedes Mal das Gefühl, nicht genug Luft zu bekommen. Dabei empfand ich eine unglaubliche Enge in der Brust und konnte nicht richtig durchatmen. Jedes Mal, wenn ich wieder in den Schlaf glitt, verfolgten mich seltsam undeutliche Träume, und unterbewusst bekam ich mit, dass ich mich unruhig hin und her wälzte.

Gelegentlich wurde ich von Schmerzen in der einen Schulter wach, schlief aber jedes Mal wieder ein, bis mir plötzlich ein so heftig stechender Schmerz zwischen die Rippen fuhr, dass ich unwillkürlich mit der Hand an die Stelle an der Brust griff. Der Krampf war heftig, ließ dann aber nach ein paar Sekunden wieder nach. Und im nächsten Augenblick befand ich mich dann in einem Traum, der lebhafter war als alle vorangegangenen.

Ein helles Traumbild von den Bergen, die ich am Morgen betrachtet hatte, stieg vor meinem inneren Auge auf. Mein erster Gedanke war, dass es schon wieder Morgen war und ich wieder auf der Veranda saß, aber dann wurde mir schnell klar, dass der Blickwinkel auf die Berge ganz anders war. Es konnte nicht sein, dass ich auf der Terrasse saß, denn dafür waren die Berggipfel viel zu nah. Ich befand mich viel zu weit oben. Als ich mich umschaute, war ich absolut fassungslos darüber, dass sich das Dach der Hütte unter mir befand. Neben dem Haus stand mein blauer Volvo.

Ich flog hoch über allem zwischen den Bergen umher. *Was für ein toller Traum*, dachte ich, denn schon seit frühester Kindheit hatte ich immer davon geträumt, fliegen zu können. Alle meine schönsten Träume, an die ich mich erinnern konnte, hatten sich immer ums Fliegen gedreht, aber an diesem hier war irgendetwas seltsam anders. Er war einfach *zu* real. Es fühlte sich an, als flöge ich tatsächlich! Es machte mir unglaublichen Spaß, und mich umgab ein Gefühl von Wohlbehagen, Macht und grenzenlosem Leben. Die Schmerzen waren weg, und alle Schwere des Tages löste sich in purer Leichtigkeit auf. Ich war schwerelos!

Immer höher und höher stieg ich, bis die Hütte, die Bäume und die Flüsse unter mir verschwunden waren. Schon bald verblassten sogar die Berggipfel unter mir. Ich war zwischen den Wolken … flog … flog ins unendliche Blau.

Dann verschwammen auch das Blau und die Wolken, das Gefühl zu fliegen ließ langsam nach, und ich war von einer leuchtend klaren Helligkeit umgeben. So wie schon zuvor die köstliche Bergluft bei Nacht, war auch dieses Licht so voller Leben, dass ich es schmecken, trinken, essen konnte. Es ging *durch mich hindurch* und *in mich hinein*, als würde das Blut in meinen Gefäßen und Adern bis hin zu den kleinsten Blutkörperchen gegen lebendiges, pulsierendes Licht ausgetauscht.

Dieses Licht war reine Energie. Mein Körper hatte jede Masse verloren, aber mein Bewusstsein blieb, war jedoch jetzt *reines* Bewusstsein, nur noch Sein. Ich wurde von Lichtwellen bombardiert, die sich in Lichtgeschwindigkeit bewegten, aber auch sie hatten keine Masse. Ich war lebendig und schwebte – oder flog! – inmitten von Einsteins geheimnisvoller Gleichung verschmelzender Energie, Masse und Lichtgeschwindigkeit. Ich spürte nichts von dem Angriff der Lichtwellen … nur Energie – lebendige Energie.

Schon bald merkte ich, dass ich nicht mehr in den flüchtigen Sphären des leeren Raumes schwebte, sondern aufrecht stand, obwohl ich nichts von meiner Umgebung sehen konnte. Als ich diese Veränderung zum ersten Mal wahrnahm, wusste ich nur, dass ich in einer Art Wasserfall aus Licht stand, das von allen Seiten kam.

Zum ersten Mal beschlich mich jetzt ein vages Gefühl von Beunruhigung. Ich merkte, dass dies hier anders war als alles, was ich bisher jemals geträumt hatte. Dieser Schleier des Unwirklichen, der in Träumen normalerweise über allem liegt, und durch den eine seltsame Unwirklichkeit entsteht, fehlte nämlich völlig. Meine Sinne fühlten sich wacher an als je zuvor, ja, ich fühlte mich lebendiger denn je! Jeder meiner Sinne hatte sich dramatisch verstärkt.

Die Veränderungen, die sich vollzogen, traten schrittweise, aber rasch ein. Ich empfand den Impuls, loszugehen. Dabei spürte ich zwar nicht, dass meine Beine und Füße meiner Aufforderung gehorchten, wohl aber, dass eine Art Sog von unbekannter Quelle mich vorwärtsbewegte. Ich nahm wahr, wie das Licht rechts und links und über mir vorbeizog, aber zu sagen, dass ich mich wie durch einen Lichttunnel bewegte, hätte es auch nicht getroffen, denn das Licht war überall, und ich bewegte mich in diesem Licht vorwärts.

Aus Gesprächen mit gläubigen Menschen und durch die vielen Geschichten, die mir von Menschen aufgedrängt worden waren, um mich zu bekehren, kannte ich die Berichte zur Genüge, in denen die Betroffenen sich durch einen Tunnel bewegen und von einem strahlenden Licht in der Ferne wie magisch angezogen wurden.

Wie seltsam, dachte ich, *jetzt habe ich selbst so einen Traum.* Mir war also offenbar gar nicht bewusst gewesen, wie tief die Fantasien anderer Menschen in mein Unterbewusstsein vorgedrungen waren.

Und mein Staunen nahm noch zu. Ich hatte ganz sicher noch nie einen Traum gehabt, der sich dermaßen real anfühlte! Ich verspürte weiter den Drang zum Licht hin und ins Licht hinein, und ich konnte nicht anders, als diesem Drang nachzugeben.

Langsam nahm ich auch meine Umgebung wahr und erkannte immer mehr Vertrautes. Vage Umrisse der Berge, die ich hinter mir zurückgelassen hatte, kamen wieder in Sicht, ein Anblick, der mich beruhigte. Vielleicht würde ich ja bald wieder in die Hütte zurückkehren und würde dort immer noch im Bett liegen und schlafen. Aber dem war nicht so, denn ich sah jetzt ganz in der Nähe, zwischen mir und den Bergen, weite Wiesen und Felder und Täler und Wälder, die sich in alle Richtungen erstreckten. Langsam kehrte das Gefühl in meine Füße zurück. Ich ging auf dem dichtesten Rasen, den man sich nur vorstellen kann – einem weichen Teppich aus sattem Grün.

Es fühlte sich an wie ein herrlicher Sommernachmittag. Die Luft war warm und duftete, und es wehte der Hauch einer Brise, die die unglaublichsten Aromen mit sich trug, die Gerüche des Lebens. Überall blühten Blumen, und der Duft jeder einzelnen von ihnen war schon im Vorbeigehen so intensiv, wie ich es im realen Leben nie erlebt hatte. Jede Pflanze, jeder Strauch, jeder Baum war auf wundersame Weise kraftvoll lebendig.

Das hier war ein seltsamer Schauplatz für einen Traum und dennoch beunruhigend real. Ich fühlte mich wie an einem Ort, an dem ich schon einmal gewesen war, einem Land längst vergessener Kindheitstage, aber noch viel älter; irgendwie vertraut und jetzt wieder ganz neu in die Erinnerung getreten, als ein Ort, an dem ich eigentlich schon immer hatte leben sollen. Ein Anfall von Sehnsucht packte mich, ein Gefühl, das ich nicht anders beschreiben kann als *Freude* … so wie die Freude über eine verlorene Heimat, an die man sich plötzlich erinnert.

Als ich mich weiter umblickte und staunend alles aufnahm, was ich sah und hörte, erkannte ich, wie sich aus der Ferne die Gestalt eines Mannes näherte.

Ein Schauer der Ehrfurcht durchfuhr mich.

Ich erkannte ihn sofort. Ich kann nicht sagen, wie er gekleidet war, und auch sein Gesicht, das im Näherkommen langsam aus dem Licht auftauchte, könnte ich nicht beschreiben. Er hatte jedenfalls keinerlei Ähnlichkeit mit all den üblichen Bildern, die ich von ihm gesehen und als unwürdig abgelehnt hatte.

Mein Gott!, rief ich aus. *Das kann nicht sein!*

Aus meiner Ehrfurcht wurde Schrecken, und ich begann am ganzen Körper zu zittern. Und plötzlich wurde mir die Realität meiner Wachheit bewusst. Das hier war gar kein Traum!

Entgegen aller Hoffnung schüttelte ich den Kopf und versuchte verzweifelt, mich selbst zu wecken aus etwas, das für einen wie mich der schlimmste aller denkbaren Albträume sein musste.

Aber vergebens. Er kam näher, wurde dann langsamer und blieb vor mir stehen. Ich versuchte, seinem Blick auszuweichen, doch ich konnte einfach nicht wegschauen. Seine Augen überwältigten meine, suchten mein Innerstes, und als er bis in die Tiefen meines Seins vordrang, sah ich mich zum ersten Mal selbst.

Ich war der größte aller Dummköpfe gewesen.

Doch diese Erkenntnis kam leider zu spät.

3

Eine Frage und eine Wahl

Ich kann nicht sagen, wie lange ich durch die alles sehenden Augen des Einen, der mich auf der Wiese des Lichts getroffen hatte, in meine eigene Seele schaute. Es können Sekunden gewesen sein … vielleicht aber auch Jahre, denn an diesem Ort gab es so etwas wie Zeit nicht. Ganz langsam kam meine Sehfähigkeit zurück und ich merkte, dass ich ihm direkt ins Gesicht schaute.

Und ich erlebte eine weitere Überraschung.

In seiner Miene war nicht Verurteilung oder Ablehnung, sondern der Hauch eines Lächelns zu erkennen, und es war ein Lächeln, das mich begrüßte und willkommen hieß. Es war ganz offensichtlich, dass er mich kannte, mich schon immer gekannt hatte. Das leise Lächeln war auch ein trauriges, denn er wusste, was ich gewesen war.

Die Worte, die aus seinem Mund kamen, überraschten mich noch mehr als sein Lächeln.

„Was hast du für mich?", fragte er.

Ich schaute ihn ebenfalls an, wie er erwartungsvoll dastand und mir dann seine Hand entgegenstreckte. Ich sah die Narbe an seinem Handgelenk. Er erwartete ganz eindeutig, dass ich etwas in diese Hand legte.

„Tut mir leid", sagte ich. „Aber ich weiß nicht, was du meinst. Ich habe nichts."

„Das stimmt nicht, mein Sohn. Du hast, was alle haben, wenn sie hier ankommen."

„Aber ich bin mit nichts gekommen, habe nur mich selbst mitgebracht."

„Das *Selbst* deines Wesens ist es, das die Reise mit dir angetreten ist."

„Ist es das, was du sehen willst?"

„Ich sehe es ja, habe es immer gesehen. Jetzt ist es Zeit, dass *du* siehst, was du daraus gemacht hast. Mein Vater hat es dir geschenkt, als er dir Leben eingehaucht hat – da war es makellos, rein, lebendig, voller Möglichkeiten und Entwicklungspotenzial. Jeder Augenblick deines Lebens steckte voller Gelegenheiten, dich zu einem Mann zu entwickeln, auf den er stolz sein und an dem er Freude haben würde. Jetzt ist es Zeit zu sehen, was du damit angefangen hast, damit wir es ihm gemeinsam zeigen können, wenn es so weit ist."

Ich machte ein betroffenes Gesicht und schaute weg. „Aber ... du weißt doch sicher – also ich habe nicht an ihn geglaubt ... oder an dich."

„Natürlich weiß ich das. Und was hast du dazu zu sagen?"

Alle ausgefeilten Argumente und wohlformulierten logischen Begründungen, die mich reich und berühmt gemacht hatten, wurden jetzt vor meinem eigenen Bewusstsein als leer, seicht und sinnlos entlarvt. Und vor allem waren sie absolut falsch. Ich hatte mein ganzes Leben lang an der Verbreitung einer gigantischen Lüge mitgewirkt. Diese Erkenntnis schmerzte mich tief, und ich wusste nicht, was ich sagen sollte.

Er wartete.

„Ich war mir nicht bewusst, dass ich überhaupt etwas aus meinem Selbst mache", sagte ich nach einer Weile.

„Alles, was in deinem Leben passiert ist, hat diesem Zweck gedient – jeder Mensch, den du kennengelernt hast, jede Entscheidung, vor die du gestellt warst, jedes Glück, jeder Kummer, jede Frustration, jede Enttäuschung. Wieso hätte dir ein Selbst geschenkt werden sollen, wenn nicht, um etwas daraus zu machen? Alles muss in das Herz zurückkehren, aus dem es gekommen ist. Was hast du denn sonst gedacht, wozu deine

Existenz auf der Erde gut sein sollte? Was du daraus machst, war das Einzige, worauf es ankam."

„Ich habe das Leben einfach so gelebt, wie es gerade kam."

„Ist das deine Rechtfertigung dafür, dass du die Lüge geglaubt hast?"

Ich wusste, es war sinnlos, darauf zu antworten, denn uns beiden war klar, dass es dafür keine Entschuldigung gab.

„Du hast dich selbst dafür *entschieden*, die Lüge zu glauben", sagte er. „Es gab doch überall um dich her Indizien für die Wahrheit. Die Heuchelei von Menschen, die zu mir gehören, war nur dein Vorwand, nicht das anzunehmen, was das gesamte Universum dir als wahr verkündete. Du hast dich selbst für die Lüge *entschieden*. Und dann hast du die Lüge verbreitet. Durch deine Hand ist viel Schlimmes geschehen. Du hast wissentlich die Augen vor der Wahrheit verschlossen, und jetzt müssen dir die Augen für alles geöffnet werden, was du warst und was du werden sollst."

„Ich ... ich habe nicht gewusst, dass es ...", setzte ich an.

Er hob die Hand, um mich zum Schweigen zu bringen.

„Hier liegt alles offen. Alles ist bekannt. Alles wird gesehen. Es gibt keine Lügen und ganz besonders keine Ausreden. Du musst ehrlich zu dir selbst sein. Ganz tief in deinem tiefsten Inneren hast du es *gewusst*, denn mein Vater legt das Wissen um die Wahrheit in jeden Menschen hinein. Jeder kennt sie. Sie ist der Menschheit genauso angeboren wie dem Tierreich der Instinkt. Deshalb haben die Menschen schon immer und zu allen Zeiten den Allmächtigen gesucht. Auf diese Weise ruft mein Vater seine Söhne und Töchter zu sich nach Hause. Du hast dich entschieden, nicht zu glauben, was dein tiefstes Inneres als wahr erkannte. Jetzt", fügte er hinzu, und der dringliche Ton in seiner Stimme war nicht zu überhören, „*musst* du mir zeigen, wie du dein Selbst gestaltet und wozu du es fähig gemacht hast. Jetzt ist für dich der Zeitpunkt gekommen zu entdecken, was du immer noch aus dem machen kannst, was dir mein Vater geschenkt hat."

Die Tragweite seiner Worte war zu gewaltig, um sie zu erfassen. Endlich war ich zum Schweigen gebracht. Meine Gedanken kamen zur Ruhe. Meine Ausreden und Entschuldigungen wurden zu Grabe getragen. Seine Worte hatten so viel Nachdruck und waren so zwingend, dass es kein Entrinnen gab. Zum ersten Mal in meinem Leben – obwohl ich jetzt kaum wusste, was das Wort bedeutete, denn was war denn das Leben, oder was war das Leben gewesen, jetzt, wo ich an diesem Ort angekommen war? – wusste ich, dass ich gehorchen *musste*.

Noch nie zuvor hatte ich mich jemandem zum Gehorsam verpflichtet gefühlt, doch das war jetzt anders. Die Vollmacht seiner Stimme war zwingend und überwältigend, aber dennoch hatte sie auch etwas unendlich Geduldiges, und mir war irgendwie klar, dass er nicht sofort eine Antwort erwartete. Ich schaute in mich hinein und wusste: Wenn ich zehntausend Jahre brauchen würde, bis ich in der Lage war, ihm zu antworten, würde er so lange warten. Mit der Beantwortung der ersten Frage zu beginnen, die er mir gestellt hatte, war die unausweichlich zu erfüllende Aufgabe dieses Ortes.

Er drehte sich um und ging langsam davon. Ich wusste, dass ich ihn begleiten sollte. Eine Weile gingen wir schweigend nebeneinander her.

„Bist du … also, ich meine", begann ich ein wenig nervös, „hier sieht es kein bisschen wie in der Hölle aus. Bringst du mich jetzt dorthin?"

„Wir werden sehen“, antwortete er und sah weder nach links noch nach rechts. „Das liegt ganz bei dir.“

„Bei mir?“, fragte ich erstaunt nach. „Ich dachte, die Hölle wäre das Schicksal aller Ungläubigen. Jedenfalls hat man mir das so gesagt.“

„Die Hölle ist für niemanden ein *Schicksal.* Es kann sein, dass das Feuer der Hölle deine Bestimmung ist, aber wenn die Zeit dafür gekommen ist, wirst du es als reinigendes Feuer der Heilung und Heiligung begrüßen.“

„Dann ist es also gar nicht das Feuer des Gerichts?“

„Natürlich ist es das Feuer des Gerichts. Alle Sünde wird gerichtet. Jede Spur von Selbstgerechtigkeit und Arroganz und Stolz und Eigenwillen und egoistischen Motiven muss weggebrannt werden. Wenn die Zeit gekommen ist, dann wirst du den Feuerofen des Maleachi als einziges Mittel wählen, um dich davon zu reinigen. Denn unser Gott ist ein verzehrendes Feuer. Du wirst das Brennen seiner Gegenwart begrüßen. Aber erst müssen dir die Augen geöffnet werden.“

„Dann sind wir also nicht im Himmel?“

„Solche Fragen können erst beantwortet werden, wenn einem die Augen geöffnet worden sind. Dann wirst du wissen, wo du bist, und was zu tun ist.“

„Dann ist es also das Fegefeuer?“, fragte ich.

„Die Wege und Ziele derer, denen ich nach ihrer Reise durchs Licht begegne, sind unendlich verschieden. Jeder ist auf seinem ganz persönlichen und einzigartigen Weg zum Kindsein. Die Fragen, die du stellst, haben hier erst eine Bedeutung, wenn dir die Augen geöffnet worden sind. Dann hören die Fragen auf. Dann ist Wissen da, und erst dann wirst du erkennen, was dein Ziel ist.“

„Und was ist meins?"

„Wenn deine Augen geöffnet sind, wirst du es wissen."

„Wie heißt denn nun dieser Ort hier?"

„Es ist das Reich des Vaters. Es hat keinen Namen, weil alle Namen der Schöpfung darin gesammelt sind. Fürs Erste kannst du es einfach als *Danach* bezeichnen. Es ist *da*, denn es ist jetzt. Es ist auch *nach*. Du wirst entscheiden, welches von beidem. Es ist der Garten am Rande des Jenseits. Es ist der Garten, in dem Augen geöffnet werden. Es kann der Weg in den Himmel sein. Es kann der Weg in die Hölle sein. Es ist das Land des Erwachens. Es ist die Region des Lichts. Es ist das Haus des Vaters, denn alle Ewigkeit ist sein Zuhause. Deshalb ist es, wie ich bereits gesagt habe, das Reich des Vaters."

„Dann gehört also auch die Hölle zu seinem Herrschaftsbereich?"

„Ja, natürlich. Alles gehört zu seinem Herrschaftsbereich. Die reinigenden Feuer gehören ihm, um seinen Zwecken zu dienen. Und jetzt steht die erste Entscheidung deines neuen Lebens an."

„Was soll ich tun?"

„Du kannst entweder weiter in das Land des Erkennens hineingehen, oder du kannst umkehren und zurückgehen. Wenn du umkehrst, dann wirst du wieder in das Leben hineingehen, aus dem du gekommen bist und das du kennst. Du wirst all das hier vergessen. Es wird wie ein Traum sein, der langsam verblasst und an den du dich nicht mehr erinnerst. Dein Leben wird weitergehen."

Er hielt inne, und ich war mir nicht sicher, ob ich ihn richtig verstanden hatte.

„Oder du kannst bleiben und deinen Pilgerweg antreten",

fuhr er fort, „und dich dafür entscheiden, die Wahrheit zu suchen, die du erkennst, wenn dir die Augen geöffnet werden. Dieser Prozess des Erkennens ist allerdings schmerzhaft. Du hast viel Schaden angerichtet, du hast viele Menschen getäuscht. Du hast von Wahrheit geredet, aber du bist kein Mann der Wahrheit. Du hast dein Leben einer Lüge gewidmet, und jetzt steht die Bilanz bevor. Es gibt vieles, wofür du Buße tun musst, vieles, wofür du Wiedergutmachung leisten musst. Der Weg wird nicht leicht werden. Das Feuer des Erkennens wird sich tief in deine Seele brennen. Das Heil der Kindschaft hat hier einen hohen Preis. Du kannst dich allerdings auch dafür entscheiden, das alles aufzuschieben."

„Und was ist, wenn ich das wirklich tue? Muss ich dann irgendwann wieder hierher zurückkommen?"

„Ja, dann kommst du wieder, aber nicht an denselben Anfang. Du *musst* lernen, was es zu lernen gibt. Heute wäre dein Anfang hier, morgen vielleicht irgendwo anders, möglicherweise noch ein ganzes Stück weiter zurück, und in einem Jahr läge dein Anfang vielleicht tausend Jahre weiter zurück als heute. Wenn du den Anfang hinauszögerst, dann wird der Weg sehr viel mühsamer und die Flammen unendlich viel schmerzhafter, wenn es schließlich so weit ist. Das verzehrende Feuer muss tief in deine Seele eindringen, und zwar egal, ob du jetzt beginnst oder später. Deshalb werden die Menschen auch dazu aufgerufen, möglichst früh in dem zu beginnen, was sie auf der anderen Seite des Lichts als ihr Leben bezeichnen. Diejenigen, die früh damit anfangen, ihren Willen auf das Licht auszurichten, kommen viel weiter vorn auf dem Weg zur Kindschaft hier an, als es bei dir jetzt möglich ist. Sie bringen schon etwas mit, das sie meinem Vater als Geschenk geben können. Leider hast du nicht angefangen, als du die Gelegenheit dazu hattest, und deshalb musst du jetzt beginnen … oder später. Hier wie dort ist der freie Wille das Geschenk des Vaters an dich und das stärkste Werkzeug zur Charakterentwicklung. Doch ich muss dich jetzt verlassen."

„Und wenn ich mich dafür entscheide, weiterzugehen?"

„Dann wird man auf dich zukommen."

Und mit diesen Worten ging er weiter, bis er außer Sichtweite war.

4

Der Naturwissenschaftler

Ich stand völlig entgeistert da und wusste, dass ich zwischen dem Hier – oder vielleicht dem *Dann* – und dem *Danach* stand, das vor mir lag … unbekannt und angstbesetzt.

Ich schaute zurück auf den Weg, den ich gekommen war. In der Ferne, aber nicht allzu weit entfernt, schwand die Wiese, über die wir gegangen waren, in einem so gleißenden Licht, dass meine Hand hochschnellte, um meine Augen abzuschirmen. Ich schaute in eine Sonne, die nur ein paar Hundert Meter entfernt schien und den halben Himmel einnahm. Wenn ich den Weg zurückging, den ich gekommen war, würde mich das Licht innerhalb von Minuten einhüllen. Ich wusste, dass dieses Licht mich genauso, wie es mich durch den leuchtenden Tunnel in dieses seltsame Land, diesen Garten, dieses Danach gezogen hatte, wieder hinausziehen würde in mein altes Leben. Ich würde aufwachen und mich an nichts mehr erinnern. Ich würde weiter meine Bücher schreiben, um Tausende, vielleicht Millionen von Menschen davon zu überzeugen, dass nichts von alledem wahr sei, dass es ein Wesen wie das, mit dem ich gerade gesprochen hatte, gar nicht gäbe und dass dieses Danach lediglich ein Produkt der Fantasie törichter Kleingeister sei.

Doch hier stand ich mitten darin. Die Realität dieses Moments war mit allen meinen Sinnen intensiv zu spüren. In meinem ganzen Leben hatte ich mich nie so lebendig gefühlt. Oder war ich tot? Was auch immer es war, ich konnte das Kribbeln *des Lebens* als solches spüren, ein intensives Gefühl von Sein, von in mir pulsierender Energie.

Konnte ich umkehren, zurückgehen … und einfach *vergessen*? Konnte ich sagen, dass es diesen Ort gar nicht gab … dass es *ihn* gar nicht gab, wo ich doch alles hier vor meinen Augen hatte?

Aber genau das wäre mein Schicksal, wenn ich beschloss zurückzugehen. Ich dachte noch nicht einmal daran, das anzuzweifeln, was er gesagt hatte.

Und was war mit meiner *nächsten* Begegnung mit ihm? Die würde sich ganz sicher als schwieriger erweisen als die erste eben. Wenn es stimmte, was er sagte, dann würde sie sehr schmerzliche Folgen haben.

Ich drehte mich wieder in seine Richtung in der vergeblichen Hoffnung, vielleicht doch noch einen letzten Rest seiner schwindenden Gestalt erkennen zu können; ich vermute, um eine Ahnung davon zu bekommen, wohin er ging, und daraus eine Vorstellung ableiten zu können, was passieren würde, wenn ich blieb.

Stattdessen sah ich einen Mann den kleinen Hügel hinabkommen, der vor mir lag. Mit forschem Schritt kam er direkt auf mich zu. Er trug einen Tweedanzug mit passender Weste und einer ebenfalls dazu passenden altmodischen Krawatte im Stil der Mitte des neunzehnten Jahrhunderts in England – so jedenfalls hätte ich es beurteilt in der Welt, die ich hinter mir gelassen hatte. Auf dem Oberkopf war er kahl, aber an den Seiten und hinten wuchs dichtes Haar bis auf seinen Kragen hinab. Sein rundes Gesicht war glatt rasiert, aber an beiden Seiten durch breite, buschige Koteletten umrahmt.

Ich wusste sofort, wer er war.

Ich hatte nie besonderes Interesse an Mentoren gehabt. Man könnte wahrscheinlich mit Fug und Recht behaupten, dass ich zu stolz war, zu verliebt in meinen *eigenen* Verstand, um die Notwendigkeit eines Mentors auch nur in Erwägung zu ziehen, oder zumindest die Menschen wertzuschätzen, die mich beeinflusst hatten. Wenn ich jedoch überhaupt irgendjemanden als

Vorbild bezeichnet hätte, dann wäre es dieser Mann gewesen. Sein Einfluss – auf den Glauben, die Wissenschaft und die Erziehung – war tief greifender als der jedes anderen Mannes in der Geschichte. Er hatte buchstäblich die Welt, das gesamte Denken der Menschen verändert.

Er kam näher und begrüßte mich mit Namen, allerdings ohne auch nur die Spur eines Lächelns. Offenbar hatte er ernsthafte Dinge im Kopf.

Ich dagegen teilte ihm überschwänglich mit, was für eine Ehre es für mich sei, ihm zu begegnen.

„Red keinen Blödsinn, Mann", schnitt er mir schon das Wort ab, bevor ich einen halben Satz gesagt hatte. „Es gibt hier Millionen von Leuten, die kennenzulernen eine Ehre wäre, aber ich gehöre ganz sicher nicht dazu. Ich habe das große Glück gehabt, einigen dieser Menschen zu begegnen, die geschickt wurden, um mir auf meinem Weg zu helfen, aber ich bin immer noch nicht so weit, mich in die hohen Sphären vorzutasten, in denen sich die meisten von ihnen bewegen. Wir beide sind die Geringsten der Geringen. Für mich ist es keine Ehre, dich kennenzulernen, und es ist mir auch kein bisschen angenehm. Wenn du wüsstest, was auf dich zukommt, dann würdest du schon meinen bloßen Anblick verabscheuen. Es ist ein Teil meiner Hölle, dass ich als dein Begleiter ausgesucht worden bin, eine große Kränkung für meine Seele. Wenn du auch nur den Hauch einer Ahnung hättest, worum es hier geht, dann wäre dir klar, was für eine Demütigung es auch für dich ist, mich als Begleiter zugeteilt zu bekommen."

„Aber ich habe doch gar nicht …", setzte ich an. „Ich glaube, ich verstehe nicht, was …"

„Wir sind zwei räudige Köter, die an der äußersten Grenze des

Grenzlandes leben“, sagte er. „Siehst du denn nicht, was du bist und was ich bin? Wir sind nichts. Trotzdem stecken wir jetzt zusammen in dieser Geschichte, und wahrscheinlich werden sich unsere Wege noch sehr häufig kreuzen. Wir haben eine ähnliche berufliche Laufbahn hinter uns, zumindest was die Auswirkungen angeht. Jetzt müssen wir beide für unsere Blindheit bezahlen. Also sprich nicht mehr über unsere frühere Dummheit, außer vielleicht mit Verachtung. Doch jetzt komm, ich bin geschickt worden, um dir bei deiner Entscheidung zu helfen.“

Er drehte sich um und führte mich den Hang hinauf, von dem er gekommen war. Als wir oben ankamen, blieb mir förmlich die Luft weg bei der Aussicht, die sich mir von dort bot. Vor uns erstreckte sich ein weites Meer. Meine Sehkraft war so stark, dass ich Tausende von Kilometern weit sehen konnte. Es war ein Menschenmeer – Tausende von Männern und Frauen und Kindern. Und alle sahen mich direkt an.

„Es scheint so … als würden sie mich *kennen*“, sagte ich erstaunt.

„Natürlich kennen sie dich! Sie kennen dich alle. Sie haben dich einmal bewundert und zu dir aufgeblickt.“

„Aber wer sind sie?“

„Es sind die Millionen von Menschen, die deine Bücher gelesen und deine Vorträge angehört haben. Keiner von ihnen hat an das Danach geglaubt, als er hier angekommen ist, und das lag zum Teil auch *an dir*. Deinetwegen verzögert sich ihr Weg zum Verstehen – bei manchen mehr, bei anderen weniger. Der Schaden, den du in ihrem Leben angerichtet hast, ist immens.“

Seine Worte verblüfften mich. „Hassen sie mich alle?“

„Natürlich nicht, mein lieber Junge! Hass gibt es hier nicht. Hast du das denn immer noch nicht gemerkt? Sie empfinden nichts als Bedauern für dich, weil sie wissen, welches Leid dir bevorsteht, weil du sie getäuscht hast. Über ihre eigenen Kümmernisse sind sie mittlerweile hinweg und sind alle auf ihrem ganz persönlichen, einzigartigen Weg zur Wahrheit. Sie müssen nur noch die Last ihrer *eigenen* Torheit tragen, aber du musst all ihre Lasten mittragen und all das Leid, das durch die Täuschung entstanden ist, welche du verursacht hast. Du hast nämlich dazu beigetragen, dass sie die Große Lüge geglaubt haben und sich diese Überzeugung dann bei ihnen verfestigen konnte."

Ich konnte kaum erfassen, welche Tragweite das hatte, was er da gerade sagte.

„Stell dir vor, wie es erst für mich war", fuhr er fort. „Ich hatte ja auf der Erde noch sehr viel größeren Einfluss als du. Und dieser Einfluss nimmt immer noch zu. Es sind so viele Millionen von Menschen, bei denen ich mich, einer nach dem anderen, dafür entschuldigen muss, dass ich sie getäuscht und in die Irre geführt habe, dass ich fürchte, sie niemals alle zu finden. Und es kommen ja immer noch mehr dazu."

„Du musst dich bei jedem Einzelnen entschuldigen?", fragte ich überrascht.

„Ich muss nicht, aber ich *möchte* es. Es ist mein Herzenswunsch, das Kind zu sein, als das ich geschaffen wurde, und Buße zu tun für die Täuschung, die ich verursacht habe. Das gehört zu diesem Weg dazu."

„Du sagst: das Kind, als das du *geschaffen* wurdest?"

„Natürlich. Was – glaubst du etwa nicht, dass ich mich erst zu dem Mann entwickelt habe, der ich jetzt bin? Du hast doch sicher schon genug gesehen, um zu erkennen, wie dumm so eine idiotische Lehre ist? Ich hätte eigentlich gedacht, dass du schneller lernst. Wir sind alle erschaffen worden. Jede Mutation, jede natürliche Selektion, die ich ja so mochte, alles wurde ganz bewusst und absichtlich und gezielt *erschaffen* – erkennst du das denn nicht? Ich habe die Indizien völlig falsch interpretiert, mein Junge, und Millionen von Menschen haben dann auf dieser falschen Deutung aufgebaut. Und jetzt stehst du da als jüngster Verfechter der Großen Lüge. Warum hast du dich nicht intensiver mit den Beweisen beschäftigt, statt solche unreifen Schlussfolgerungen aus dem Goldenen Kalb der Evolutionstheorie zu ziehen? Wie sehr wünschte ich, dass du meine Theorien und den Rest der sogenannten Aufklärung, die zum Niedergang des Glaubens beigetragen haben, wirklich auseinandergenommen hättest. Aber ihr habt alle nur auf unserer Dummheit aufgebaut und dadurch die Lüge immer weiter verbreitet."

Er seufzte, und ich erkannte, dass er angefangen hatte zu weinen.

„Erkennst du denn nicht, was wir angerichtet haben, du und ich?", fuhr er fort. „Dafür müssen wir jetzt geradestehen, damit wir die Große Lüge loswerden und wieder die echten und reinen Söhne werden können, als die wir geschaffen wurden. Das dauert allerdings Aionen. Ich habe gerade erst begonnen. Jetzt musst du anfangen, und deshalb musst du den Millionen von Menschen, die da vor dir stehen, in die Augen schauen. Ihr Blick ist voller Mitgefühl wegen der Hölle, die dir bevorsteht, bevor in dir die Kindschaft geboren werden kann."

„Muss ich mich denn auch bei jedem Einzelnen von ihnen entschuldigen?"

„Du wirst genau wie ich den Wunsch haben, mit der Bitte um Vergebung an jeden heranzutreten, an jeden Mann, jede Frau und jedes Kind, egal wie lange es dauert."

„Und wieso zeigst du mir all diese Menschen gerade jetzt?", fragte ich.

„Falls du dich dafür entscheiden solltest, zu dem zurückzukehren, was du als dein früheres Leben bezeichnest, würde das für dich nur ein noch intensiverer Tod sein, und die Anzahl der Seelen in diesem Meer, die von dir getäuscht worden sind, würde dann später doppelt, dreifach oder um ein Vielfaches so groß sein wie jetzt. Dein Weg würde länger werden, das Leid heftiger und deine Hölle qualvoller. Denk doch nur an all die Seelen, die du vor dem Leid des Unglaubens *retten* könntest, indem du selbst dich nicht mehr an der Großen Lüge beteiligst, und indem du sofort deinen eigenen Anfang machst. Je länger du es hinauszögerst, desto tiefer müssen die Flammen brennen, die dich aufwecken."

„Und was wäre, wenn ich zurückginge und einen Teil des Schadens, den ich angerichtet habe, wiedergutmachen würde?"

„Verstehst du denn nicht? Wenn du zurückgehst, dann wirst du all das hier vergessen. Deine Überheblichkeit, dein Intellektualismus und dein Stolz werden dich wieder einholen und vernichten."

Damit drehte sich der ehemals verehrte Naturwissenschaftler um und ging davon.

Und wieder war mir klar, dass ich ihm folgen sollte.

5

Beunruhigende Aussichten

Das Menschenmeer verschwand aus meinem Sichtfeld, und wir gingen in die entgegengesetzte Richtung weiter. Auch die gleißende Helligkeit, mein Durchgang durchs Licht, war fort. Oder würde ich auf dem Rückweg durch die Dunkelheit schreiten müssen, zurück in mein früheres Leben, zurück in die Hütte in den Rocky Mountains, zurück in mein Nichtwissen, wenn ich in die entgegengesetzte Richtung ging? Einen Moment lang fragte ich mich, ob meine Chance schon vorbeigegangen war.

„Du kannst immer noch durch das Portal zurückgehen", antwortete mein Begleiter auf meine unausgesprochene Frage.

„Du hast gewusst, was ich denke?", fragte ich.

„Aber natürlich. Das ist eine Fähigkeit, die man hier entwickelt."

„Das muss wundervoll sein!", rief ich aus. „Beides habe ich mir immer gewünscht: Fliegen und Gedanken lesen zu können."

„Du bist ein noch größerer Dummkopf, als ich gedacht hatte. Du wirst schon sehr bald beides können, aber beides bedeutet hier nicht viel. Durch keines von beidem wird erreicht werden, was erreicht werden muss. Die Gedanken anderer lesen zu können kann mehr Fluch als Segen sein, aber es wird als eine der Methoden eingesetzt, um beim Öffnen der Augen zu helfen."

„Ich kann also immer noch zurückgehen?"

„Der freie Wille bleibt immer bestehen, auch wenn die Möglichkeit einer Rückkehr normalerweise nicht dazugehört. Ich habe keine Ahnung, wieso du diese Wahl bekommst. Es ist jedenfalls eine ziemlich seltene Chance, und ich persönlich hätte sie nicht haben wollen, denn dann hätte ich sie vielleicht genutzt“, fügte er schaudernd hinzu, so als wäre diese Vorstellung selbst jetzt noch zu grausig, um auch nur daran zu denken.

„Wie lange das Portal für eine Rückkehr noch offen ist, weiß ich nicht, aber wenn du klug bist, gibst du dieser wahrscheinlich vorübergehenden Verlockung nicht nach, denn deine Zukunft liegt jetzt hier. Sie hat schon immer hier gelegen, aber jetzt weißt du es. Umzukehren, wenn die große Reise erst einmal begonnen hat, wäre unsagbar schrecklich. So schrecklich.“

„Die große Reise?“, wiederholte ich fragend.

Weil er darauf nicht antwortete, folgte mein Blick dem seinen in die Ferne. Dort am Horizont sah ich eine Bergkette, eine scheinbar endlose Reihe unglaublich hoher Berggipfel, die versetzt hintereinander bis in die Unendlichkeit reichten. Das Sonderbare war allerdings, dass keiner der Gipfel schneebedeckt war, obwohl sie alle höher schienen als jeder Berg auf der Erde. Wie schon beim Anblick des Menschenmeeres war auch jetzt mein Sehvermögen unglaublich scharf und offenbar unbegrenzt. Die Berge waren sehr hell, aber nicht von Schnee, sondern die Helligkeit ging von den Bergen selbst aus.

„Gehen wir dorthin?“, fragte ich.

Er nickte.

„Wie weit ist es?“, erkundigte ich mich. „Weil ich so scharf und so weit sehe, kann ich es nicht einschätzen. Es müssen wohl mindestens hundert Meilen sein.“

Woraufhin mein Begleiter ein abfälliges Schnauben ausstieß.

„Tausend?“, wagte ich mich vor.

„Mein lieber Junge – Entfernungen werden hier nicht in Meilen gemessen! Weißt du denn immer noch nicht, wo wir hier sind?“

„Wie misst man hier denn Entfernungen?"

„Na, in *Aionen* natürlich."

„Du meinst sicher Äonen, oder?"

„Nein, ich meine *Aionen*."

„Was hat denn Zeit mit Entfernung zu tun?", fragte ich und verstand ihn immer noch nicht richtig.

„Der Weg, den wir in Richtung der Höchsten Höhen zurücklegen, wird in Aionen gemessen."

„Dann müssen diese Berge mehrere Aionen entfernt sein", sagte ich – scherzhaft, wie ich glaubte.

Aber mein Begleiter fand das absolut nicht komisch. „Sie sind so viele Aionen entfernt, wie es eben dauert. Der Weg jedes einzelnen Menschen dorthin ist unterschiedlich, und deshalb liegt es ganz bei dir, wie viele Aionen sie dauert. Was genau in jedem Aion verlangt wird, ist durch unseren ganz persönlichen Weg bestimmt und nicht durch den eines anderen."

„Aber was sind Aionen denn dann?", fragte ich. „Zeiteinheiten oder Entfernungen?"

„Beides. Weil deine Fähigkeit zu verstehen wahrscheinlich immer noch durch den Schleier unvollständigen Sehens getrübt ist, verstehst du Aionen vorerst wahrscheinlich am besten als Zeiteinheiten."

„Und wie lang ist ein Aion?"

„So lang wie eben nötig."

„Einen Tag … tausend Jahre?"

„Beides. Vielleicht auch eine Milliarde. Hier ist alles so, wie es eben nötig ist."

Jetzt bemerkte ich mehrere senkrechte Schwaden einer Art weißlich-grauen Nebels, die offenbar aus einem Tal unterhalb von uns vor den Ausläufern der Berge aufstiegen.

„Was …?“, begann ich, aber dann durchfuhr mich ein ungeheurer Schrecken. „Ist das etwa … Rauch?“, beendete ich meine Frage.

Mein Begleiter antwortete nicht, aber das brauchte er auch gar nicht, denn ich wusste auch so, dass es Rauch war.

„Woher kommt er?“, fragte ich zögernd.

„Das weißt du doch selbst“, sagte er nach einiger Zeit. „Er steigt aus der Grube auf.“

„Der *Grube* …!“, wiederholte ich zitternd.

„Ja, natürlich. Der Rauch steigt von dem Feuer des Großen Ofens auf.“

„Dem Feuer. Du meinst …“

„Es hat im Laufe der Zeit schon viele unterschiedliche Namen gehabt – Hades, Fegefeuer, die Grube, Ort des Todes. Du hast dich doch bestimmt gut über die Überzeugungen deiner Gegner informiert, sodass du das weißt.“

„Ich habe an die Hölle genauso wenig geglaubt … wie ich an *Ihn* geglaubt habe.“

„Jetzt weißt du, dass es beides gibt.“

„Ich bin irgendwann hier angekommen und habe die Wiese und das Feld und den Wald gesehen. Als er mich dann empfangen hat … habe ich gedacht, dass er mich vielleicht nicht dorthin schicken würde …“

„Dich *schicken?*“, unterbrach er mich. „Er hat es dir doch schon erklärt: Du wirst nicht geschickt, sondern du wirst dich selbst für das Feuer *entscheiden*.“

„Weshalb sollte ich mich für das Feuer *entscheiden*?“

„Um das letzte Aion deines Weges zu vollenden und die neue Art von Leben zu bekommen, die du brauchst, um die Berge zu erreichen.“

„Muss dort jeder hindurch?“

„Das kann ich nicht sagen. Das ist ein Geheimnis, das denen, die *hier unten* sind, nicht offenbart wird. Ich weiß nur, dass es viele tun, unter anderem auch viele Geistliche, wie man mir gesagt hat.“

„Wie kann das sein?“, fragte ich

„Welche Voraussetzungen man für den Großen Ofen erfüllen muss und wie heftig die Flammen sind, hängt ganz davon ab, wie viel des Selbst bereits zuvor geläutert worden ist. Ob es auch solche gibt, die sofort in den Bergen sind, wenn sie hier ankommen, ist ein Geheimnis. Ich habe nur davon gehört, dass es das gibt. Aber jeder, der hier unten ist, muss durch das Feuer hindurch, um in die Berge zu gelangen.“

„Das Tal und die … Grube kommen mir gar nicht so groß vor.“

„Sie sind so weit weg, dass du sie nicht deutlich sehen kannst. Sie sind genau so groß, wie es eben nötig ist. Das Feuer dort brennt tief, und zwar nicht äußerlich, sondern innerlich. Seine Tiefe ist unermesslich. Ich habe gehört, dass manche Menschen so tief in der Grube sind, dass es vielleicht Millionen von Jahren dauert, bis sie wieder das Licht sehen. Manche Aionen sind wirklich sehr lang.“

„Bist … bist du schon dort gewesen?“

„Ich bin noch nicht bereit für die letzte und endgültige Läuterung, aber ich sehne den Tag herbei, an dem ich so weit bin.“

„Du *sehnst* dich danach?“

„Ja, natürlich.“

„Aber … die Schmerzen … das Brennen?“

„Mein eigenes Selbst ist für mich so abstoßend geworden, dass ich jedes Feuer auf mich nehmen würde, um es loszuwerden, egal, wie heiß und wie qualvoll es wäre. Ich würde unzählige Aionen begrüßen, um endlich frei davon zu sein. Zu spüren, wie es von dem reinigenden Feuer weggebrannt würde, wäre mir jeden Schmerz wert. Mich in die Heilquelle der Flammen zu werfen ist die größte Sehnsucht meines Lebens."

„Und warum gehst du dann nicht sofort dorthin und tust es?"

„Alles zu seiner Zeit. Ich kann erst ins Feuer gehen, wenn ich bereit bin. Erst muss ich die festgesetzten Aionen durchlaufen. Mir ist sehr bewusst, dass noch zu viel von meinem Selbst übrig ist, und es erfordert einfach Zeit, es zu töten. Genau diesen Zweck hat das Aion, in dem ich gerade bin. Meine Augen müssen wirklich ganz und gar dafür geöffnet werden, wie ich bin, sonst kann das Feuer nicht seinen Zweck erfüllen. Zu wissen, dass ich noch nicht so weit bin, dass ich mein Selbst noch nicht in ganzer Klarheit sehe, schmerzt mich sehr. Ich bin immer noch in der Vorbereitung."

„Und wie lange wirst du dort bleiben, wenn es so weit ist?"

„Na, ein Aion natürlich – genau wie er es seinen Jüngern schon vor langer Zeit gesagt hat. Es ist das Feuer der aionischen Reinigung."

6

Das junge Genie und der mutige Junge

Ich konnte die Berge und die rauchende Feuergrube nicht mehr sehen. Trotzdem hielt ich immer noch danach Ausschau, bis ich merkte, dass der Naturwissenschaftler gar nicht mehr da war. Ich schaute mich um, weil ich nicht so recht wusste, wie es jetzt weiterging. Sollte ich versuchen, den Weg zurück zu dem Portal zu finden, durch das ich gekommen war? Oder sollte ich vielleicht doch lieber in die Richtung gehen, in der ich zuletzt die Berge gesehen hatte?

Dass ich überhaupt die Möglichkeit in Betracht zog, an diesem Ort selbst bestimmen zu können, wohin ich gehen wollte, macht deutlich, wie wenig ich begriffen hatte, was mir bevorstand.

Ich brauchte aber gar nicht lange über die Möglichkeiten nachzudenken, die ich hatte, denn plötzlich sah ich neben mir einen jungen Mann, der etwa zehn Zentimeter kleiner war als ich. Wie aus dem Nichts war er aufgetaucht, und jetzt gingen wir nebeneinander her, als wäre das schon eine ganze Weile so.

Ich schaute zu ihm hinüber und stellte fest, dass er ganz und gar anders war als mein Begleiter aus dem 19. Jahrhundert. Er schien absolut modern, kam also nicht nur aus meinem eigenen Jahrhundert, sondern aus einer Zeit, die ich noch vor Kurzem als meine *Jetztzeit* bezeichnet hätte. Dass mir ein solcher Begriff in den Sinn kam, zeigt ja, dass ich noch gar nicht ganz *dort* war.

Meine Vorstellung von Zeit war hier nämlich völlig bedeutungslos. Diese ganze Welt – eine weitere sinnlose Vorstellung – befand sich *innerhalb* von Einsteins Theorien zur Verbindung von Raum, Zeit und Materie: Ein Augenblick erforderte die gesamte Ewigkeit, um seinen Zweck zu erfüllen. Es gab *keine* Zeit. Es gab *alle* Zeit. Beides war dasselbe.

„Bist du …?“, hörte ich mich selbst ein bisschen zaghaft fragen.

„Ob ich tot bin, willst du wissen?“, fragte er ganz direkt.

„Ich meine nur … du kommst mir so jung vor. Bist du gerade erst hier angekommen?“

„Ich weiß nicht, wie lange ich nach deiner Zeitrechnung schon hier bin“, antwortete er. „Ich bin noch in den ersten Aionen und immer noch dabei, sehen zu lernen. Ich schätze mal, dass ich seit etwa hundert Jahren hier bin. Ich habe dein Buch gelesen, bevor ich hergekommen bin.“

„Dann ist es kaum möglich, dass du hundert Jahre hier bist! Es ist erst … lass mich kurz überlegen … es ist erst vor drei Jahren erschienen.“

Er lächelte nur, und schon bald sollte ich diesen Ausdruck wiedererkennen – es war ein ganz kurzer, belustigter Blick der Menschen, denen ich begegnete, ein Blick, der besagte, dass ich gerade etwas unglaublich Dummes von mir gegeben hatte.

„Die Zeit ist hier flüssig“, sagte er nach einer Weile. „Hast du denn deinen Einstein nicht gelesen? Aber ich vergaß, du bist ja nur probeweise hier. Also kein Wunder, dass du noch ziemlich durcheinander bist. So einen wie dich habe ich hier oben noch nie getroffen“, fuhr er fort und wurde endlich gesprächiger. „Die meisten kommen nämlich, um zu bleiben.“

„Dann gehe ich mal davon aus, dass es auch bei dir so war?“

„Oh ja. Für mich gab es kein Zurück mehr, denn ich hatte einen schweren Herzinfarkt und war auf der Stelle tot. Ich habe nichts gespürt, und dann habe ich plötzlich gemerkt, wie ich durch das wunderschöne Portal des Lichts geflogen bin. Es war, als wäre ich schwerelos und von jeder Last und Schwere befreit.

War es nicht ein unglaublich schönes Gefühl von Energie und Kraft und Leben?"

„Doch, eigentlich schon. Ich habe es wirklich sehr genossen. Ich habe gedacht, ich träume, und eigentlich glaube ich das auch *immer noch*!", fügte ich mit einem Lachen hinzu.

„Das ist am Anfang ganz normal. So war es bei mir zuerst auch, aber nein – du bist wirklich hier."

„Wie schade, dass du so früh sterben musstest", sagte ich. „Du scheinst ein intelligenter junger Mann zu sein. Dir hätte sicher eine große Zukunft bevorgestanden."

Meine Worte wurden mit einer zynischen Lachsalve quittiert. *„Intelligent*?", wiederholte er. „Ich dachte, du würdest mich vielleicht wiedererkennen. Mir wäre es viel lieber, dir nicht über meine Vergangenheit Auskunft geben zu müssen."

„Tut mir leid."

„Ich habe in allen Zeitschriften und Beilagen der Sonntagszeitungen gestanden ... mit Interviews ... Reportagen ... die ganze Geschichte über das junge Genie. Ich war der chinesische Teenager, von dem behauptet wurde, er hätte den höchsten jemals gemessenen IQ."

„Ach, natürlich, jetzt erinnere ich mich!", sagte ich. „Ich habe dich nur nicht gleich wiedererkannt. Ich habe die Berichte über dich sogar eine ganze Weile verfolgt. Die renommierten Universitäten haben dir doch praktisch die Tür eingerannt, um dich als Student zu gewinnen. Für welche hast du dich denn letztlich entschieden?

„Fürs MIT. Aber das war letztlich auch egal – Oxford, Cambridge, Stanford, Princeton, Paris ... jede dieser Unis wäre mein Verderben gewesen."

„Wie meinst du denn das?"

„Sie hätten alles das Gleiche vermittelt wie das MIT – sie hätten meine Liebe zu meinem eigenen Verstand weiter gestärkt. Als ich zweiundzwanzig war, war es vorbei. Ich habe dein Buch gelesen, und ich war davon überzeugt, dass wir alle Götter sind und dass ich der klügste Mensch sei, den die Welt je erlebt hat. Gott sei Dank bin ich da herausgeholt worden, bevor es zu spät war."

„Zu spät wozu?"

„Zu spät, um das ungeheuerlich Böse zu verhindern, das mein Verstand hätte hervorbringen können", antwortete er.

Ich muss gestehen, dass ich über diese Aussage ziemlich irritiert war. Wie konnte ein so intelligenter junger Mann sich selbst als böse betrachten?

Er wusste natürlich sofort, was ich dachte und sagte: „Ich habe mich damals für Genetik interessiert, weißt du?" Sein Tonfall war bedrückt, so als ob er sich an einen schlechten Traum erinnerte. „Ich war sowohl von der Idee der Bevölkerungsmanipulation als auch vom Gedanken der Alterskontrolle fasziniert. Als ich Anfang zwanzig war, war beides noch nicht im Bereich des Vorstellbaren, denn beide Gebiete steckten damals noch in den allerersten Anfängen. Aber die DNA-Forschung machte rasante Fortschritte und es wäre nur eine Frage der Zeit gewesen, bis meine Ideen auch praktisch umsetzbar gewesen wären. Ich war genau wie all die anderen idealistischen Wissenschaftler davon überzeugt, dass meine Ideen dem Wohl der Menschheit dienen würden, aber bei der rasanten Verknappung der Energievorräte und der gleichzeitigen Bevölkerungsexplosion … du siehst ja sicher, wohin das letztlich geführt hätte. Ich wäre der Hitler der Spätmoderne geworden, auch wenn die Massenmorde, für die ich verantwortlich gewesen wäre, im Reagenzglas stattgefunden hätten. Ich wäre genauso verantwortlich gewesen für den Mord an Millionen von Menschen wie die Abtreibungsbefürworter. Aber ich hätte wahrscheinlich eines Tages den Nobelpreis bekommen und wäre im Unterschied zu Hitler eher bejubelt als geächtet worden. Dennoch wäre ich aber sein Zwilling im Bösen gewesen."

Er machte eine Pause, und ich sah, wie ihn bei dem Gedanken schauderte. „Mir wird ganz elend, wenn ich daran denke, was aus mir hätte werden können und welche Folgen das alles gehabt hätte. Du kannst dir gar nicht vorstellen, wie dankbar ich bin, dass ich durch einen frühen Tod vor einer solchen Zukunft bewahrt worden bin. Wie es aussieht, ist viel von dem potenziell Bösen mit mir gestorben. Als mir das Meer der Gesichter gezeigt wurde, habe ich so lange geweint, dass es mir wie ein Jahr vorkam."

„Wessen Gesichter hast du denn gesehen?", fragte ich. „Bei mir waren es die der Menschen, die mein Buch gelesen haben."

„Bei mir waren es die Gesichter derer, die aufgrund meiner Forschung nicht hätten leben dürfen. Ich habe in die Zukunft geschaut und gesehen, dass sie alle am Leben waren, weil meine Karriere so abrupt abbrach. Ich war unglaublich erleichtert, als mir klar wurde, dass sie alle ein normales Leben würden führen können. Es wird Generationen dauern, bevor es wieder einen Kopf geben wird, der in der Lage ist, sich so etwas auszudenken, wie ich es konnte. Hoffentlich ist die Menschheit bis dahin aufgewacht für die Realität, dass ihr Schöpfer auf diesem Planeten unter ihnen ist. Mir wurde am Meer der Gesichter eine Vision gezeigt und dir die *Realität*. Die Gesichter, die du gesehen hast, sind die tatsächlichen Gesichter von dir getäuschter Menschen, die schon hier sind. Du hast die

Menschen gelehrt, dass sie ihr eigener Gott sein können. So jedenfalls habe ich verstanden, was du geschrieben hast. Als ich meinen Doktortitel hatte, dachte ich auch, dass ich ein Gott bin, ein intellektueller Gigant unter den geistigen Tagelöhnern der Welt. Und jetzt sind wir hier zusammen und erkennen zu unserer eigenen Schande, was wir wirklich waren. Dort wurde ich für genial gehalten, hier bin ich bekannt als der *Narr-der-sich-für-klug-hielt*."

Wieder machte er eine Pause, aber dieses Mal schaute er weg, und ich war mir sicher, Tränen in seinen Augen gesehen zu haben. Ich wandte meinen Blick ab, um ihn nicht zu beschämen. Wie wenig ich wusste! Er war bereits Lichtjahre darüber hinaus, sich von so etwas peinlich berührt zu fühlen. Ich sollte schon bald erfahren, dass Tränen hier an diesem Ort etwas absolut Ehrenhaftes waren. Wenn man jemanden traf, dessen Gesicht von Tränenspuren auf den Wangen dauerhaft gezeichnet war, dann wusste man, dass man es mit einer Person zu tun hatte, die fast *bereit* war.

Es sollte noch lange dauern, bis ich wirklich begriffen hatte, was sie mit diesem Begriff meinten.

„Und wie werde ich hier genannt?", fragte ich.

„Das wird erst offenbar, wenn du dich entschieden hast, ob du bleibst oder zurückkehrst, um noch einmal zu sterben. Es gibt das Gerücht, dass jeder unserer Namen irgendwo auf ein Objekt geschrieben ist. Ich habe darüber aber immer nur Andeutungen gehört, weißt du? Ich weiß nicht, wie oder wo wir erfahren, welches Objekt das ist."

„Aber ich dachte, du wüsstest deinen Namen?"

„So werde ich nur zurzeit genannt. Aber ich bin nicht zu dir geschickt worden, um darüber mit dir zu reden", sagte er nach einer Weile. Noch immer ließ er seinen Tränen freien Lauf und wischte sie nicht weg. „Ich bin geschickt worden, um dir den Zweck des Feuers zu zeigen. Einer, der hier nur als *der Schotte* bekannt ist, hat ihn mir erklärt. So wie ich es verstanden habe, ist er oft derjenige, der den Sinn und die Aufgabe des Feuers erklärt. Du wirst ihn ganz sicher irgendwann kennenlernen, und er wird dir dann mehr dazu sagen können, als ich es jetzt kann. Aber komm jetzt."

Er drehte sich um, führte mich einen steilen Hang hinauf und dann in einen dichten Wald hinein. Eine Weile gingen wir schweigend weiter, bis wir auf eine Lichtung gelangten. Mitten auf der Lichtung lag ein Haufen glühender Holzkohle, Reste eines Feuers, das sehr groß gewesen sein musste. Ich hätte mir nichts weiter dabei gedacht, aber es war ein angenehm warmer Tag … warum brauchte jemand an einem solchen Tag ein so großes Feuer?

Auf der anderen Seite des Feuers, aus dem ein wundervoll süßer Duft emporstieg, saß eine Frau an einem Spinnrad. Sie war uralt, aber unvorstellbar schön. Ihr Haar umwehte sie, obwohl kein Lufthauch ging, und das Geräusch ihres Spinnrades war wie der Klang einer Windharfe, durch die ein ebenfalls unsichtbarer Wind ging.

Die Frau sang zur Musik ihrer Spinnharfe mit einer Stimme, die nicht zu beschreiben war, genauso wenig, wie ich den Text des Liedes genau wiedergeben kann, das sie sang. Aber er lautete etwa:

The stars are spinning their threads,
And the clouds are the dust that flies,
And the suns are weaving them up

For the time when the sleepers shall rise.
The weepers are learning to smile,
And laughter to glean the sighs;
Burn and bury the care and guile,
For the time when the sleepers shall rise.

Die Steine spinnen ihre Fäden
Und die Wolken sind der Staub, der fliegt
Und die Sonnen weben sie zusammen
Für die Zeit, wenn die Schlafenden aufstehen.
Die Weinenden lernen zu lächeln
Und Lachen, um die Seufzer zusammenzutragen;
Verbrennt und begrabt Sorge und Streit
Für die Zeit, wenn die Schlafenden aufstehen.

Die Frau und ihr seltsamer Gesang hielten mich eine ganze Weile in ihrem Bann, aber dann zog ein Junge meinen Blick auf sich, der neben den Resten des Feuers kniete. Im Näherkommen hatte ich ihn gar nicht bemerkt. Er war ungefähr 16 bis 18 Jahre alt, jedenfalls nach dem Maßstab, nach dem ich noch bis vor Kurzem das Alter von Menschen geschätzt hatte. Er trug eine altmodische Ledertunika und ein Leinenhemd. In dem Gürtel, der um seine Taille geschlungen war, steckte ein Messer, und er hatte Ledersandalen an den Füßen. Ganz sicher kam er aus einer anderen Zeit als ich.

Jetzt sah ich auch, woher der süße Duft des Feuers offenbar kam. Mitten in der Glut waren Hunderte von Rosenknospen in allen nur erdenklichen Farben aufgehäuft, die zwar alle brannten, aber nicht vom Feuer verzehrt wurden, und der Duft dieser Blüten erfüllte die Luft.

Mein Begleiter und ich standen am Rande der Lichtung und schauten uns die Szene an. Schon bald hörte der Gesang der Frau auf, und sie sprach den Jungen an.

„Bis jetzt bist du sehr tapfer gewesen", sagte sie. „Bist du schon bereit für deine schwerste Prüfung?"

„Ich werde versuchen, bereit zu sein", antwortete er.

„Mehr ist auch gar nicht nötig. Deine Bereitschaft braucht nur noch Vertrauen und Gehorsam, damit daraus Mut wird."

„Wenn du glaubst, dass ich bereit bin, dann werde ich tun, was ich kann, um zu gehorchen."

„Das, wozu ich dich auffordere, wird furchtbar wehtun. Der Schmerz wird schlimmer sein als alles, was du dir vorstellen kannst, aber das Feuer wird *dich* nicht verletzen, und es wird viel Gutes daraus für dich entstehen."

Darauf sagte der Junge nichts mehr, sondern kniete sich hin und sah der Frau ins Gesicht.

„Und jetzt", sagte sie, „leg deine rechte Hand ins Feuer."

Der Junge zögerte einen Moment, beugte sich dann vor und steckte rasch seine Hand tief in die rot glühende Holzkohle.

Ich schnappte hörbar nach Luft, riss vor Schreck die Augen auf und rechnete damit, dass er vor Schmerzen aufschreien und der Duft der Rosen von dem Gestank verbrannten Fleisches überlagert werden würde.

Aber abgesehen davon, dass er einmal kurz und heftig einatmete, gab er keinen Laut von sich. Dass er schreckliche Schmerzen hatte, war deutlich daran zu erkennen, dass ihm Tränen aus den zusammengepressten Augen liefen. Sein ganzer Körper bebte. Jeder Zentimeter seiner Haut war schweißbedeckt, aber er behielt seine Hand in der Glut und zog sie nicht zurück.

Ich weiß nicht, wie lange ich völlig fassungslos zuschaute. Dann sagte die Frau am Spinnrad, er solle seine Hand jetzt wieder aus der Glut nehmen. Ich wollte mich abwenden, weil ich sicher war, dass sie schrecklich verstümmelt sein würde; dass dort, wo einmal seine Hand gewesen war, jetzt nur noch ein verkohlter Stumpf übrig sein würde.

Doch stattdessen bot sich meinen Augen ein ganz erstaunlicher Anblick. Die Hand und der Arm des Jungen waren völlig unversehrt und glänzten golden.

Der Junge sah zu der Frau hin. Sie weinte.

„Du hast es also auch gespürt?", fragte er.

„Aber natürlich. Ich spüre jeden Schmerz. Doch jetzt ist es vorbei. Du bist durch das Feuer gegangen. Die Hand, die einmal gesündigt hat, ist jetzt rein."

Und mit diesen Worten verschwanden die Frau, ihr Spinnrad, das Rosenfeuer und der Junge.

7

Der Zweck des Feuers

Was war denn das?", fragte ich.

„Dir ist erklärt worden, welchen Zweck das Feuer hat", antwortete mein Begleiter.

„Aber ... war das eine Vision?"

„Ja, natürlich, aber dennoch real."

„Wer war das?"

„Ein Junge namens Curdie."

„Und wo ist er jetzt?"

„Das Zusammentreffen mit dir war für ihn die Vorbereitung für einen Auftrag. Sein Weg geht anders weiter als deiner, und du hast jetzt gesehen, was für dich gerade nötig war."

„Warum musste er denn seine Hand ins Feuer legen? Das scheint mir eine wirklich schreckliche Art von Vorbereitung."

„Er ist manchmal gezwungen, furchtbare Dinge zu tun."

Ich hatte nicht die leiseste Ahnung, was er damit meinte.

„Der Junge hat mit dieser Hand getötet, und diese Sünde musste weggebrannt werden, damit die Hand vom Meister eingesetzt werden kann. Alle werden durch das Feuer gereinigt. Nur das Feuer bringt Gold hervor."

„Wird ... wird von mir dasselbe verlangt werden?", fragte ich ein bisschen ängstlich.

„Oh nein ... so einfach wird es für dich nicht werden. Wenn das alles wäre, dann wäre nicht ich, sondern Curdie zu dir geschickt worden. Ahnst du es denn noch nicht? Du und ich, wir haben einen ganz ähnlichen Weg vor uns. Wir haben unsere Sünden nicht mit unseren Händen begangen, und es waren nicht nur irgendwelche unbesonnenen Jugendsünden, sondern wir haben sie bewusst und mit Vorsatz verübt. Wir haben mit unserem *Verstand* und nicht mit den Händen gefehlt. Wir waren verliebt in unseren Verstand und in uns selbst."

„Du meinst doch nicht …“, begann ich, und schon allein bei dem Gedanken packte mich das blanke Entsetzen.

„Dass deshalb von uns verlangt wird, unseren Kopf in das Feuer zu legen?“, fragte er.

Ich nickte.

„Nein, so einfach wird es sicher nicht werden“, wiederholte er. „Verstehst du nicht – wir haben es *als ganze Persönlichkeit* getan. Unser gesamtes Selbst war verstrickt in das Böse, das wir in Form von Arroganz, Egoismus und Stolz zugelassen haben. Wir waren solche Dummköpfe, begreifst du das denn nicht? Nicht die Christen, auf die du herabgeblickt hast, waren die Schwachköpfe, sondern wir. Unsere Sünde war die Sünde Satans selbst – wir haben geglaubt, wir wären besser als Gott! Du hast nicht nur getötet, sondern du hast *getäuscht* und betrogen. Vielleicht ist das schlimmer, ich weiß es nicht. Ich jedenfalls bin hierhergebracht worden, damit aus mir kein Mörder im weißen Kittel wird, aber unsere Sünde, deine und meine, ist die gleiche, und deshalb müssen wir auch auf dieselbe Weise davon geläutert werden. Wir müssen uns mit dem Kopf zuerst ins Feuer stürzen. Bei uns ist erforderlich, dass unser ganzes Wesen und Sein ins Feuer kommt – in das *alles verzehrende* Feuer. Das Reinigen einer Hand oder eines Fußes oder eines Auges wird nicht ausreichen, um das zu bewirken, was in der Tiefe *unserer* Seele nötig ist.“

Ich begriff das ganze Ausmaß seiner Worte gar nicht, was wahrscheinlich daran lag, dass ich noch nicht *bereit* war … noch nicht in der Lage zu *sehen*.

„Gott muss sein Urteil über unsere Sünden fällen“, fuhr er fort, „damit wir zusammen mit seiner ganzen Schöpfung geläutert und wiederhergestellt werden können. Das Feuer ist das

Feuer des liebenden Gerichtes. Sein Prophet hat geschrieben: *Ich will deine Schlacke läutern, deine Unreinheit von dir nehmen. Ich will dich läutern. Ich will dich prüfen im Feuerschein der Anfechtungen. Ich will dich ins Feuer bringen. Ich will dich läutern wie Silber, prüfen wie Gold.*"

Die Worte waren irgendwo hoch über mir, und ich hatte das unbestimmte Gefühl, dass er aus der Bibel zitierte, einem Buch, das ich immer verabscheut hatte. Ich fragte nicht weiter nach, wieso sich der junge Mann so gut darin auskannte. Er sprach weiter … alte prophetische Worte, deren Bedeutung ich nur vage erahnen konnte.

Nach einer Weile verstummte er. Wir gingen weiter. Der Wald wurde langsam lichter, und die Bäume hatten einen goldenen Schimmer. Es schien, als wäre ganz plötzlich der Herbst angebrochen. Schweigend gingen wir durch den gelben Wald.

„Jetzt ist es so weit", sagte mein Begleiter schließlich. „Wir sind an der Stelle angekommen, an der sich der Weg in deine Zukunft gabelt. Zwei Wege liegen jetzt vor dir. Du kannst nicht länger so in der Schwebe bleiben. Du musst jetzt entweder umkehren und zurück in die Dunkelheit gehen, oder du musst weitergehen…" Seine Stimme verlor sich.

„Zum Licht?", fragte ich.

Er sah mich an, schaute mir tief in die Seele hinein und sagte dann Worte, die mich erzittern ließen. „Oh nein", antwortete er. „Hast du denn immer noch nicht begriffen, was dir gerade gezeigt wurde? Vor dir liegt das *Feuer.*"

Und dann war er fort.

Ich schaute mich um, und alles außer dem Weg vor meinen Füßen war verschwunden, und es war, als hinge der Weg, auf dem ich ging, in der Luft. Der Wald, die Wiesen und Felder und der Horizont in der Ferne – alles war weg.

Ich konnte nur noch weiter vorwärts- oder zurückgehen. Irgendwie war mir klar, dass ich nach dem nächsten Schritt, den ich tat, meinen Kurs nicht mehr würde ändern können.

Ich drehte mich um, um mir anzuschauen, was hinter mir lag. Am Horizont war wieder die große Lichtkugel aufgegangen, in deren Mitte ich eine winzige Tür entdeckte, die genauso aussah wie die Schlafzimmertür in der Berghütte. Obwohl ich mich nicht daran erinnern konnte, bei meiner Ankunft hier eine Tür bemerkt zu haben, wusste ich, dass ich durch genau diese Tür hierhergelangt war. Doch die großartige sonnenartige Kugel leuchtete nicht mehr gleißend hell, sondern sie war fahl grau geworden, wie Leichenblässe. Und während ich sie anschaute, wurde sie immer dunkler.

Dann drehte ich mich wieder in die entgegengesetzte Richtung. Am fernen Horizont bot sich meinem Blick eine ganz andere Kulisse. Dort verschwand der Weg in einem Meer hoher tanzender orangeroter Flammen, die bis in den Himmel emporreichten.

Ich wusste, dass ich die Wahl hatte zwischen Dunkelheit und einem zweiten Tod … oder dem Feuer.

Ich stand so lange einfach nur da, dass es mir wie eine Ewigkeit vorkam. Erlebte ich hier gerade mein erstes *Aion?*

Ich konnte mich nicht entscheiden zwischen Vergangenheit und Zukunft … zwischen dem Hier und dem Danach … zwischen Licht und Dunkelheit. Mir kamen weitere der kryptischen Worte wieder in Erinnerung, die der junge Mann aus „dem Buch“ gesprochen hatte – nicht wortwörtlich, aber ungefähr hatten sie so gelautet:

Denn mein Beschluss ist es, die Völker zu versammeln, um meinen Zorn über sie auszuschütten. Nichts wird meine Liebe zufriedenstellen, als sie alle, jeden von ihnen rein und vollkommen zu sehen, so wie ich rein und vollkommen bin. Die Sünde der ganzen Welt wird vom Feuer meines gerechten Zorns verzehrt werden. Denn in meiner Liebe hasse ich alle Sünde. Durch mein Feuer werde ich die Völker läutern, dass sie alle den Namen des Herrn anrufen. An dem Tag werde ich sie wiederherstellen und heilen und aufrichten. Ich werde mein Volk Israel sammeln, das in der Verbannung lebt, sodass es nie wieder entwurzelt wird von dem Erbe, das ich ihnen geschenkt habe. Ich werde sie nach Hause bringen, und sie werden mein Volk sein und ich werde ihr Gott sein.

Die letzte Herausforderung, vor die mich der Junge gestellt hatte, war beinahe mehr, als mein Verstand erfassen konnte.

„Das Feuer ist nicht unser Feind“, hatte er gesagt. „Es ist ein Mittel des Wirkens Gottes. Bringe dich dar auf dem Altar Gottes, mein Bruder, flehe ihn an mit dem verzweifelten Hunger eines Menschen, den es danach verlangt, rein zu sein und sprich: ‚Komm, Feuer Gottes, brenne mich rein!‘“

Die Entscheidung, vor der ich stand, war entsetzlich wegen ihrer drastischen Auswirkungen – egal, wie sie letztlich aussehen würde. Wie sollte ich mich da für eine der beiden Möglichkeiten entscheiden?

Und dann stieg in mir ein furchtbarer innerer Drang auf. Es war der Drang, dem Ruf des Feuers zu gehorchen. Es war derselbe innere Drang, den die Frau auch auf den Jungen an dem Rosenfeuer gelegt hatte. Sie hatte ihn zwar aufgefordert, aber er hatte sich dennoch auch selbst entscheiden müssen zu gehorchen. Dieser innere Drang war kein erzwungener Gehorsam. Ich wusste, dass ich immer noch meinen eigenen freien Willen hatte und ihn einsetzen musste. Mit der Art, wie ich früher gedacht hatte, konnte ich rein verstandesmäßig nicht die Trennlinie zwischen Zwang und Freiheit ziehen. Hier schloss sich beides nicht gegenseitig aus, sondern war untrennbar miteinander verflochten.

Ich hatte eine Wahl. Aber so eingeschränkt die Sicht auch sein mochte, die ich bis hierhin gewonnen hatte, wenigstens eines zeigte sie ganz deutlich: Ich *musste* mich entscheiden oder auf ewig sterben.

Ich holte tief Luft, zitternd vor Entsetzen … und dann machte ich einen kleinen zögerlichen Schritt in Richtung des Feuers.

8

Die Stadt der Absonderung

Und plötzlich veränderte sich alles. Die Flammen in der Ferne verschwanden, und als ich mich noch einen zweiten Schritt vorwagte und zurückblickte, sah ich, dass die immer dunkler werdende Kugel mit der Tür meiner Berghütte darin verschwunden war. Weil ich vor mir keinen Weg sehen konnte, fing ich wieder an zu zittern. Ich stellte fest, dass ich durch offenes Gelände ging, ohne irgendwelche Anzeichen dafür, dass es bewohnt war.

Ich war gleichzeitig erschöpft und beschwingt, als ob eine ganz neue Art von Leben in mich gekommen war. Es kam mir nicht sofort in den Sinn, aber als ich später darüber nachdachte, kam mir der Gedanke, dass das vielleicht genau der Augenblick gewesen war, in dem ich in der anderen Welt *gestorben* war. War alles bis dahin ein Nahtoderlebnis gewesen? Hatte ich mich mit dem Schritt, den ich getan hatte, in Wirklichkeit *dafür entschieden* zu sterben?

Wie sollte ich das wissen?

Auf dieser Seite des Portals spürte ich jedenfalls, dass mein erstes Aion jetzt abgeschlossen war. Die Möglichkeit, wieder zurückzugehen, gab es jetzt nicht mehr für mich. Ich war wirklich … *tot.* Aber dennoch war ich *lebendig.*

Der Weg, der vor mir lag, führte in eine ausgedehnte Niederung, und obwohl ich jetzt eine so enorme Sehkraft hatte, konnte ich nicht ausmachen, wo diese Senke endete. Ich ging eine ziemlich lange Strecke stetig leicht bergab, und der Blick, der sich mir dabei bot, war nicht besonders schön. Die wenigen Bäume, die ich sah, standen kahl und schweigend da, wie vereinzelte seltsame Erscheinungen auf endloser staubiger Erde. Die Büsche, die dort wuchsen, waren rau und struppig, und der Boden unter meinen Füßen war grau und karg und wurde immer steiniger. Es fühlte sich an wie eine karge Hochebene, unfruchtbares Ödland, auf das niemals Regen fiel.

Während ich den abschüssigen Weg zu der Tiefebene weiterging, war ich erstaunt darüber, dass es etwas gab, das so gar nicht ins Bild passte. Hin und wieder stand nämlich ein Haus am Wegesrand, immer ganz für sich allein in der öden Landschaft, völlig isoliert und ohne jegliche Hinweise auf Bewohner. Das Wort *Haus* vermittelt eigentlich auch eine völlig falsche Vorstellung von dem, was ich sah. Die meisten dieser Gebäude waren nämlich hochherrschaftliche, prachtvolle Anwesen, riesig, kunstvoll verziert, sodass man manche davon auch ohne Weiteres als Schlösser hätte bezeichnen können. Jedes war nach einem völlig individuellen Plan gebaut und von imposanten Mauern und nicht weniger imposanten hohen Zäunen umgeben – aus Holz, Schmiedeeisen, Stein – oder auch von baumhohen Hecken. Ich musste mich allerdings damit begnügen, mir die Anwesen aus der Ferne anzusehen, denn ich traute mich nicht näher heran. Schon allein der Anblick jedes einzelnen dieser Gebäude vermittelte die unmissverständliche Botschaft: „Geh weg! Besucher sind hier nicht willkommen."

Ich ging und ging, tagelang, wie es schien, auch wenn es kein einziges Mal Nacht wurde und ich auch keine Müdigkeit verspürte. Nach irdischem Gefühl muss ich wohl hundert, zweihundert, vielleicht sogar dreihundert Kilometer so gegangen sein. Nach und nach tauchten immer mehr der ungewöhnlichen Gebäude auf, und allmählich lagen sie auch immer näher zusammen. Hatte ich anfänglich höchstens eines oder zwei am Tag gesehen – oder in dem Zeitraum, der vielleicht ein Tag gewesen sein *könnte* –, traf ich jetzt fast alle fünfhundert Meter auf ein solches Anwesen. Und irgendwann standen die Häuser dann nur noch hundert Meter voneinander entfernt. Mir wurde klar, dass ich offenbar in eine Stadt kam. Was für ein Ort das auch immer sein mochte, er musste riesig sein, denn schon seit Tagen war ich an Villen, Herrenhäusern und Schlössern vorbeigekommen.

Als ich weiter durch eine Gegend ging, von der ich glaubte, dass es der Stadtrand war, fielen die Häuser dann nicht mehr annähernd so üppig und prunkvoll aus, aber dennoch war jedes von einer hohen Mauer oder einem Schutzwall umgeben. Ich sah keine Gärten oder Blumen, was seltsam war angesichts des augenscheinlichen Reichtums, der hier offenbar herrschte. Wie sonst hätten solche prunkvollen Häuser gebaut werden können? Die Hecken waren nicht gestutzt, überall wucherte Unkraut, und die Rasenflächen waren braun und ungepflegt. Die Straßen waren voller Schlaglöcher und Risse und mit Müll übersät. Die Fenster, die ich sehen konnte, waren verhängt, obwohl ich manchmal zu erkennen meinte, wie sich eine Gardine bewegte. Ich hatte das unheimliche Gefühl, dass ich beobachtet wurde.

Die Bauweise der Häuser wurde immer schlichter und einfacher, bis ich an vielen Gebäuden vorbeikam, die man durchaus als altertümlich hätte bezeichnen können. Es war, als ginge ich in der Zeit zurück. Je weiter ich kam, desto älter wurden die Häuser. Manche erschienen mir geradezu urzeitlich, wohl über tausend Jahre alt. Ich erkannte die Bauweise aus Geschichtsbüchern über die Frühzeit und das Mittelalter wieder. An Hunderten von strohgedeckten Backsteinkaten kam ich vorbei, gefolgt von noch kleineren Lehmhütten, deren Dächer aus Tierfellen und Ästen bestanden.

Ich drang immer tiefer in dieses Sammelsurium von Behausungen vor. Es war ein trostloser, trister Ort – grau, leer, kalt und still. Als ich so durch die Straßen ging, legte sich ein kaltes, winterliches Halbdunkel wie ein Leichentuch über mich. Bis zu diesem Augenblick war der endlos lange Tagesmarsch hell und warm gewesen, aber jetzt begann ich zu frösteln.

Und weiter ging ich. Die Stadt erstreckte sich endlos in alle Richtungen, aber ich konnte kein Lebenszeichen entdecken. Abgesehen von einer gelegentlichen Bewegung hinter den Vorhängen schienen die Häuser unbewohnt. Es gab keine Läden, Geschäfte oder Firmengebäude, keine Märkte oder Werkstätten, keine Lagerhäuser und keinerlei Hinweise auf irgendeine Art von Handel oder Verkehr oder sonst eine Art menschlichen Austausches – nur Straßen in alle Richtungen. Ich probierte mehrere davon aus und bog etliche Male von einer in eine andere ab. Enorme Strecken legte ich so zurück, aber überall war es dasselbe – endlose Reihen unbelebter Häuser und nirgends eine Menschenseele.

Vielleicht ist das hier das Fegefeuer, dachte ich bei mir. Wenn es so war, dann ging es zumindest denen am Rande davon ganz gut. Manche der Villen, an denen ich vorbeigekommen war, hatten unvorstellbar prachtvoll ausgesehen. Ich hatte mir das Fegefeuer immer als eine Art „Übungshölle“ vorgestellt, aber im Grunde hatte ich ja überhaupt nicht an eine Hölle geglaubt. Meine *Vorstellung* des Fegefeuers war jedenfalls eine abgeschwächte Version der Hölle gewesen, doch da musste ich mich wohl geirrt haben. Das hier wirkte mehr oder weniger erträglich … abgesehen von dem bedrückenden Gefühl der Trostlosigkeit. Es war ein Ort des lebenden Todes – eine Stadt des Nicht-Lebens.

Weiter ging ich, die Straßen hinauf und hinunter und hin und her, erst hierhin und dann dort entlang – wobei ich wahrscheinlich an etlichen Stellen mehrmals war – und gelangte dabei von der Gegend mit den uralten Katen und Hütten in einen Teil der Stadt, der offenbar zur Zeit der Renaissance erbaut worden war. Jede Straße, in die ich dabei kam, suchte ich in beide Richtungen nach irgendeinem Zeichen menschlichen Lebens ab. Ich wusste immer noch nicht genau, was ich als Nächstes tun sollte, ob ich irgendwohin, zu einem bestimmten Ziel gehen sollte. Bis jetzt war mir immer gezeigt worden, wie mein Weg weiterging.

Es war viel zu still; unheimlich und unnatürlich still.

Zu guter Letzt machte ich in weiter Ferne eine Person aus. Ich beschleunigte meine Schritte und stellte im Näherkommen fest, dass es sich um eine Frau handelte, die mit dem Rücken zu mir an der Kreuzung zweier schmaler Straßen stand. Zuerst dachte ich, sie müsste mein nächster Begleiter sein, aber als ich mich ihr weiter näherte, wurde mir klar, dass sie nicht mit mir rechnete. Sie wartete zwar offenbar auf etwas, aber nicht auf mich. Ich konnte absolut nicht einschätzen, wie alt sie wohl sein mochte. Von hinten betrachtet fiel ihr das hellbraune Haar, das noch ganz und gar ohne Grau war, üppig über den Rücken.

Als sie mich hörte, drehte sie sich um, und dann waren wir offenbar beide gleichermaßen erschrocken über den Anblick des jeweils anderen. Ich war völlig verblüfft, wie alt sie war und wie hässlich ihr Gesicht. Noch nie hatte ich eine Frau gesehen, die so furchtbar aussah. Sie musste meine Gedanken erraten haben, denn sie wich ein wenig zurück. Ich wusste nicht so genau, ob es daran lag, dass ihr Aussehen ihr peinlich war oder daran, dass sie sich über meine Reaktion ärgerte. Letztlich hatte ich jedoch den Eindruck, dass sie einfach nur erschrocken darüber war, überhaupt auf einen anderen Menschen zu treffen. Ich war noch nicht lange genug hier, um genau sagen zu können, was sie dachte.

„Du kommst sicher auch wegen des Busses, oder?“, fragte sie.

„Äh … nein“, antwortete ich. „Ich bin zu Fuß unterwegs, und dabei bin ich auf diese Stadt gestoßen. Was für einen Bus meinst du denn?“

„Es heißt, dass hier alle fünfzig Jahre ein Bus hält, der Leute von hier abholt, aber ich weiß nicht so genau, wo die Haltestelle ist. Weil sich hier die beiden größten Straßen der Stadt kreuzen, habe ich mir gedacht, dass ich am besten an dieser Stelle warte. Ich habe noch nie einen Bus gesehen und weiß eigentlich gar nicht, was das ist.“

„Du weißt nicht, was ein Bus ist?“, fragte ich überrascht nach.

„Nein.“

„Das ist ein langes Fahrzeug, in dem ungefähr dreißig bis vierzig Personen befördert werden können, so etwas wie ein großer Transporter.“

„Ein *Transporter*? Das kenne ich auch nicht.“

„Weißt du denn, was ein Auto ist?“

„Leider nicht. Aber du sagst, dass dieses Ding, das Bus heißt, Leute befördert?“

Ich nickte. „Ja – größere Gruppen von Menschen.“

„Na, dann ergibt das ja einen Sinn“, sagte die Frau. „Genau das besagen nämlich auch die Gerüchte – dass der Bus Leute einsammelt, die warten.“

„Und du wartest hier seit fünfzig Jahren?“, fragte ich.

„Ich habe nicht die ganze Zeit hier gestanden, aber um hier wegzukommen, würde ich auch tausend Jahre warten. Was bedeutet denn Zeit anderes als eine Verlängerung des Leidens, wenn man allein ist? Ich bin jetzt schon so viele Jahre hier – man verliert völlig das Zeitgefühl, weißt du? –, da sind weitere fünfzig Jahre gar nicht so viel."

„Wohin fährt denn der Bus?", fragte ich.

„Das weiß ich nicht. An den anderen Ort, glaube ich. Aber das weiß ich alles nur vom Hörensagen, verstehst du? Kurz nachdem ich hier angekommen bin, hat mir jemand davon erzählt, aber ich habe damals gar nicht so richtig zugehört. Ich habe jedenfalls noch nie mit jemandem gesprochen, der den Bus mit eigenen Augen gesehen hat. Genau genommen habe ich seit zweihundert Jahren oder sogar noch länger mit überhaupt *niemandem* mehr gesprochen. Ich will einfach nur hier weg."

„Und warum willst du unbedingt weg?"

„Sieh mich doch an. Schau, was aus mir geworden ist. Als du mich gesehen hast, ist dir doch im selben Moment durch den Kopf gegangen: *Das ist die hässlichste Frau, die mir jemals unter die Augen gekommen ist.* Würdest du nicht auch weg wollen von einem Ort, der so etwas mit dir anrichtet?"

Darauf hatte ich keine Antwort. „Wahrscheinlich schon", sagte ich deshalb wenig überzeugt.

„Bis zum vergangenen Jahr hatte ich keine Ahnung, wie ich aussehe", fuhr die Frau fort. „Es gibt hier nämlich keine Spiegel, weißt du? Spiegel sind dazu da, sich selbst zu sehen, und das ist das eine, was hier wirklich niemand will. Ich wollte auf jeden Fall keinen Spiegel in meinem Haus haben, als ich hier ankam, denn ich wollte gar nicht wissen, was aus mir geworden ist. Ich war sehr schön … damals, weißt du?"

„In deinem … äh, früheren Leben, meinst du?"

„Ich war eine Prostituierte, wenn du es unbedingt wissen willst. Aber ist ja auch egal, hier gibt es sowieso keine Geheimnisse. Es hieß damals, dass ich die schönste Frau in drei Ländern sei. Sogar Könige bezahlten für meine Dienste. Dann bin ich an der Pest gestorben und hierhergekommen. Ich fand mich immer noch schön, auch wenn es hier niemanden interessierte. Hier interessiert niemanden irgendetwas. Jeder bleibt für sich. So wollen sie es hier. Wenn ich Spiegel hätte haben können, in denen ich einfach nur mein Gesicht hätte sehen können, dann hätte ich in meinem ganzen Haus Spiegel aufgehängt. Wenn ich hätte sehen können, wie schön ich war, wäre die Zeit vielleicht schneller vergangen. Aber die Spiegel hier sind anders. Sie zeigen nicht nur das äußere Aussehen, sondern auch das *Innere*. Und diese Art von Spiegeln will hier niemand haben. Davor haben alle schreckliche Angst.

Und dann stand vor einem oder zwei Jahren einmal die Sonne genau so, dass ich mich in einer der Fensterscheiben meines Hauses sehen konnte. Es gibt hier ja nichts zu tun, sodass man ständig aus dem Fenster schaut, ob man nicht doch vielleicht einmal jemanden sieht, weißt du? Aus dem Fenster zu schauen ist hier also eine Art Zeitvertreib. Ich hatte also hinausgeschaut, weil ich dachte, ich hätte einen Neuankömmling gesehen, aber stattdessen erhaschte ich in der Scheibe einen Blick auf mein eigenes Gesicht, und ich sah ein Ungeheuer, eine hässliche alte Hexe, die mich anstarrte. Mein Entsetzen war unbeschreiblich. *Das kann nicht ich sein!,* dachte ich, aber ich war es wirklich! Und ich wusste, dass ich nicht nur mein Gesicht ansah, sondern meine hässliche *Seele*. Ich versuchte zu weinen, aber mit der Schönheit hatte ich auch meine Fähigkeit verloren zu weinen. Ich verabscheute mich selbst.

Zum ersten Mal seit ich hier angekommen war, kamen mir blasse Erinnerungen – jemand hatte mir einmal gesagt, dass es einen Ort gäbe, wo man sauber werden und auch den Schmerz loswerden könne, der einen innerlich zerfrisst, weil man so einsam ist. Und da habe ich dann beschlossen, auf den Bus zu warten.“

„Ich weiß nichts von einem Bus“, sagte ich. „Aber ich habe etwas über eine große Feuergrube gehört, durch die man hindurch muss, bevor man ganz und gar sauber und geläutert ist.“

„Wie hast du davon erfahren?“

„Das wurde mir erzählt, als ich hier angekommen bin.“

„Eine Grube mit Feuer“, sagte sie langsam, und ihre Miene wurde nachdenklich, so als ob sie sich dunkel an etwas erinnerte, das lange her war.

„Jetzt, wo du es sagst“, erklärte sie, „meine ich, mich auch an so etwas erinnern zu können. Es kann sein, dass ich das auch gehört habe. Es ist so lange her, dass ich es ganz vergessen hatte. Ich bin mir aber nicht sicher, ob mir die Vorstellung von so einem Feuer behagt.“

„Es heißt, das sei die einzige Möglichkeit, all das loszuwerden, was falsch an einem ist.“

„Was ... *falsch* ist? Du meinst Sünde?“

„Ja, wahrscheinlich ist die damit gemeint.“

„Ich war auf jeden Fall eine Sünderin“, sagte sie mit einem Lachen, das allerdings absolut nichts Lustiges hatte. „Aber wer ist schon zu seinen Lebzeiten kein Sünder gewesen? Deine Erinnerung ist anscheinend noch frischer. Wie lange bist du denn schon hier?“

„Noch nicht lange. Ein paar Tage erst. Jedenfalls glaube ich das. Hier wird ja in Aionen gerechnet und nicht in Zeit.“

„*Aionen*?“, wiederholte sie. Wieder wurde sie nachdenklich. „Das kommt mir auch irgendwie bekannt vor. Ich glaube, das hat mir auch jemand erzählt. Aber der Gedanke an das Feuer war so grauenvoll, dass ich es nicht ertragen konnte.“

„Und was hast du dann gemacht?“

„Das ist jetzt irgendwie alles so weit weg, weil es schon so lange her ist. Ich erinnere mich nicht mehr so genau. Ich glaube, ich wurde in einen Wald geführt … ja, jetzt erinnere ich mich wieder … das war im Herbst. Das Laub der Bäume war prachtvoll gelb und rot und orangefarben. Mir wurde von dem Feuer erzählt. Und dann verschwand plötzlich alles. Ich war mit jemandem zusammen, der mir alles erklärte, und der sagte, er sei geschickt worden, um mir von den Aionen zu erzählen und von der Entscheidung, die ich treffen müsse. Und dann war auch er plötzlich verschwunden. Nur noch der Weg vor meinen Füßen war zu sehen, sonst nichts. Ich war allein mit meiner Entscheidung. Aber ich konnte den Gedanken daran nicht ertragen. Als sich dann vor mir der Weg gabelte, wusste ich, welcher Weg zum Feuer führte, und ich bin in die andere Richtung gegangen.“

„Hat er dir denn nicht gesagt, dass du dich für das Feuer entscheiden *musst*?“

„Jetzt wo du es sagst … doch, ich glaube schon. Aber ich hatte die Wahl. Ich habe gedacht: *wie schlimm kann der andere Weg schon sein? Auf jeden Fall besser als das Feuer*. Und so bin ich hier gelandet. Bist du … *wirklich* unterwegs zum Feuer?“

„Ich weiß nicht“, antwortete ich. „Vielleicht. Aber ich weiß nicht, ob ich den Mut habe, es auch wirklich durchzustehen. Ich weiß noch nicht so recht, wohin ich unterwegs bin. Wie heißt du eigentlich?“, fragte ich.

„Lelia“, antwortete sie. „Und du?“

Ich sagte es ihr.

„Wann bist du denn gestorben?“

„Im einundzwanzigsten Jahrhundert.“

„Ach, dann bist du sehr viel jünger als ich“, sagte sie. „Kein Wunder, dass du dich so gut an alles erinnerst.“

„Willst du nicht mit mir kommen, Lelia?“, fragte ich.

„Wohin … doch nicht zum *Feuer*, oder?“ Sie zitterte am ganzen Körper, als sie das Wort aussprach.

„Ich weiß nicht, wo ich als Nächstes hingehe“, antwortete ich. „Auf jeden Fall werde ich nicht in dieser Stadt hier bleiben. Hier gibt es ja kein Leben.“

„Vielleicht komme ich mit dir“, sagte sie. „Aber was ist mit dem Bus?“

„Du hast doch selbst gesagt, dass du nicht weißt, wann er kommt. Vielleicht müsstest du noch einmal fünfundvierzig Jahre warten. Wahrscheinlich kommt er noch nicht so bald, denn sonst würden doch sicher mehr Leute hier warten. Wenn du den Bus verpasst, kannst du ja den nächsten in fünfzig Jahren nehmen.“

„Vielleicht komme ich wirklich mit“, sagte sie. „Es ist schön, zur Abwechslung mal jemanden zum Reden zu haben.“

9

Ein neuer Begleiter

Ich wandte mich von der Kreuzung ab und ging mit Lelia zusammen den Weg, von dem ich glaubte, dass er vielleicht aus der Stadt hinausführen könnte. Lelia sah so alt aus, wie sie war – mindestens fünfhundert Jahre –, aber sie war genauso flink und beweglich wie ich und konnte mühelos mit mir Schritt halten. Anscheinend hatte die Zeit nur ihr Gesicht in Mitleidenschaft gezogen.

Erstaunlicherweise begann die Stadt innerhalb von Minuten hinter uns zu verblassen. In der Richtung, in die wir gingen, lagen die Häuser immer weiter verstreut, und schon nach kurzer Zeit befanden wir uns in offenem Gelände. Es war ein wunderschöner Frühlingstag. An den Bäumen waren die ersten frischen Triebe zu erkennen, und Büsche und Gras um uns her waren bereits grün. Der Himmel, der wie ein fahles Leichentuch über uns gehangen hatte, war jetzt strahlend blau.

Ich merkte, wie sich meine Stimmung besserte, nachdem es in der Stadt so bedrückend gewesen war. Lelia und ich plauderten beim Gehen munter miteinander und erzählten uns gegenseitig, wie sehr wir unser früheres Leben bereuten. Dabei verging die Zeit wie im Fluge. Es war erfrischend, mit einem Menschen zu reden, der so war wie ich, der ein Sünder gewesen war und das auch wusste. Es gab keine Hindernisse, keine Geheimnisse und keine Illusionen zwischen uns.

Es dauerte nicht lange, da kam uns in der Ferne ein Mann entgegen. Er hatte einen rötlichen Teint, schütteres Haar, trug einen altmodischen, schlecht sitzenden Tweedanzug und sah absolut unsportlich aus. Sein Gang hatte etwas Hüpfendes, aber so, als befände er sich auf einer Wanderung, was, wie ich später erfuhr, früher auch zu seinen liebsten Freizeitbeschäftigungen gehört hatte. Er lächelte übers ganze Gesicht, als er auf uns zukam. Ich war überrascht, als mir klar wurde, dass ich wusste, woher er kam. Vielleicht gewöhnten sich meine Sinne doch besser an meine neue Existenz, als ich dachte, denn ich merkte, dass ich unterscheiden konnte zwischen den Menschen, die von den Bergen kamen, und solchen, bei denen das nicht der Fall war. Ihr Gesichtsausdruck war völlig anders. Das Lächeln dieses Mannes war so strahlend, dass er von keinem anderen Ort kommen konnte als aus den Bergen!

Weil schon mehrmals jemand auf mich zugekommen war, ging ich jetzt einfach davon aus, dass er mein nächster Begleiter war, und war deshalb sehr überrascht, als er stattdessen direkt auf Lelia zuging und sie herzlich begrüßte.

„Du wirst erwartet“, sagte er. „Ich bin geschickt worden, um dir bei deiner nächsten Weggabelung zu helfen, jetzt, wo du die Entscheidung getroffen hast, den lebendigen Tod der Isolation hinter dir zu lassen.“

„Welche Entscheidung?“, fragte sie.

„Na, die Entscheidung, dein Haus zu verlassen und zur Bushaltestelle zu gehen.“

„War das denn wirklich eine so wichtige Entscheidung?“

„Die wichtigste überhaupt. Das ist der erste Schritt immer. Du weißt ja, dass es heißt: Der größte Schritt ist immer der vor die Tür, und du hast die Entscheidung getroffen, das Gefängnis zu verlassen. Natürlich muss der Preis trotzdem bezahlt werden, aber du hast jetzt wenigstens schon mal einen Anfang gemacht. Viele kommen nie bis zu der Entscheidung, den lebendigen Tod zu verlassen. Sie *dürfen* zwar jederzeit dort weggehen, aber sie tun es nicht. Du hast es getan, und deshalb hast du jetzt ein neues Ziel vor dir.“

Ich merkte, dass Lelia verwundert war über seine rätselhaften

Worte. Und ich war sogar noch verwunderter, und zwar darüber, dass ich verstand, was er meinte. Ich begriff allerdings nicht ganz, was die Worte zu bedeuten hatten, die er an mich richtete – nämlich dass auch ich noch alles bis auf den letzten Heller bezahlen müsse.

„Wäre wirklich ein Bus gekommen?", fragte Lelia ihn.

Ein verschmitztes Lächeln ging über das Gesicht des Mannes. Er begann zu kichern, als lache er über einen Witz, den er im Stillen für sich gemacht hatte. „Ich weiß es nicht", sagte er. „Das ist eines der herrlichen Geheimnisse dieses Ortes – die Vermischung von Tatsachen und Fiktion zu dieser neuen Realität. Ich muss gestehen, dass sogar ich selbst mich daran immer noch gewöhnen muss. Der Bus … ja, das ist wirklich interessant, dass du ausgerechnet mich danach fragst. Aber der Bus gehörte einfach nicht zu deiner Geschichte, und er war auch nicht der Grund, weshalb ich zu dir geschickt wurde."

„Ich habe doch gerade erst – vor noch nicht einmal einer Stunde – entschieden, aus der Stadt wegzugehen. Von wo bist du denn geschickt worden?"

Wieder lachte der Mann leise in sich hinein. „Ich bin schon vor einiger Zeit losgeschickt worden. Wie gesagt, du wirst schon seit einer ganzen Weile erwartet."

„Wie kann das denn sein? Es hat doch niemand gewusst, dass ich irgendwohin gehen würde, nicht einmal ich selbst."

„Solche Dinge sind bekannt, weil sie von Gott bestimmt sind. Dass du kommen würdest, war schon bekannt, bevor du es selbst wusstest."

„Und wer hat dich geschickt?"

„Er, der alles Erwachen, alles Wachsen und alles Werden lenkt."

„Ich nehme an, damit meinst du Gott“, sagte Lelia.

„Einen anderen gibt es nicht“, antwortete der Mann.

„Warum gerade du? Und wer bist du überhaupt?“

„Ich bin nur einer von vielen, die in seinem Dienst stehen. Aber ich werde anscheinend irgendwie für einen Experten für persönliche Entscheidungen im Hinblick auf das letztgültige Schicksal gehalten. Ich werde oft geschickt, um das zu erklären.“

Jetzt wandte er sich an mich. „Ich nehme an, du hast eine Frage, oder?“, sagte er.

„Ja … ach, ich hatte ganz vergessen … dass du ja weißt, was ich denke!“, antwortete ich.

Er nickte mit einem Lächeln. „Und da du es mich ja fragen wolltest“, sagte er, „ich habe den größten Teil meines Lebens in England verbracht. Aber wie du ganz richtig vermutest, wurde ich in Irland geboren. Wahrscheinlich könnte man sagen, dass ich von Geburt Ire bin und Engländer durch Berufung. Ich war Don an einer Universität.“

„Ich wundere mich über diese seltsame Stadt dort hinter uns. Das war wirklich ein sehr ungewöhnlicher Ort“, sagte ich.

„Ich kenne mich dort ziemlich gut aus“, sagte der Mann, wieder mit einem leisen, belustigten Lächeln.

„Die Stadt kam mir unglaublich groß vor, aber trotzdem habe ich dort keinen Menschen gesehen außer Lelia.“

„Das liegt daran, dass es keine Stadt lebendiger, sondern sterbender Seelen ist. Es ist eine der vielen Städte des lebendigen Todes. Das musst du dir doch eigentlich schon gedacht haben. Du hast doch sicher verstanden, weshalb sie dort alle so hohe Abgrenzungsmauern haben.“

„Aber ein großer Teil davon schien unbewohnt, besonders in

den älteren Stadtteilen. Manche der Häuser schienen tausend Jahre alt zu sein."

„Das waren sie auch. Es gibt hier nirgends Zerfall – nicht in den Bergen und nicht in den Städten des Todes ... keinen Rost, keinen Schimmel, keine Zersetzung und weder Motten noch Termiten. Wenn sie einmal fertig gebaut sind, halten die Häuser ewig."

„Und warum sind so viele davon unbewohnt?"

„Hintern den Mauern halten sich mehr Menschen auf, als du denkst, aber sie bleiben für sich, weil sie es so wollen – obwohl es sie innerlich zerfrisst, denn sie kreisen pausenlos um sich selbst, und das ist ein großes Übel, wenn auch ein verstecktes. Doch du hast recht: Viele der Häuser im Zentrum stehen inzwischen tatsächlich leer. Wenn ein Neuankömmling eintrifft, dann beschließt er vielleicht, sich dort niederzulassen. Auch du hättest dich entscheiden können, deinen Weg nicht fortzusetzen, sondern dort zu bleiben. Der Weg zu den Höchsten Höhen ist lang und beschwerlich, und er bringt mehr Selbsterkenntnis mit sich, als den meisten lieb ist. Manche gehen nur einen Teil des Weges und lassen sich irgendwann einfach in einer der Städte nieder. Sie ziehen dort entweder in eines der verlassenen Häuser ein oder bauen sich ein neues.

Doch über kurz oder lang gibt es unweigerlich Streit mit einem Nachbarn, oder jemand kommt zu dem Schluss, dass die Gegend doch nicht gut genug ist für ihn, oder er wird von Lust und Gier übermannt und findet, dass er ein größeres und besseres Haus braucht. Es kann aber auch sein, dass er alle um sich her satt hat und nur noch seine Ruhe haben will. Also packt er seine Sachen und zieht an den Stadtrand, wo der Andrang nicht so groß ist. Seine neue Gegend ist wahrscheinlich zur Hälfte unbewohnt, weil die meisten der ursprünglichen Bewohner vor ihm das Gleiche gedacht haben wie er und selbst weiter hinaus gezogen sind, um mehr Abstand zu *ihren* Nachbarn zu bekommen.

Vielleicht findet er also ein verlassenes Haus, das ihm gefällt, und er zieht dort ein. Doch nach einer Weile kommt es auch dort wieder zu kleinlichen Ärgernissen und Zankereien, zu Nörgeleien und Egoismus, und er zieht erneut um. Unzufriedenheit und Missmut sind die Kennzeichen dieses Ortes, aber normalerweise ist es nicht Unzufriedenheit mit sich selbst, sondern mit allen anderen. Es dauert Aionen, bis sich bei solchen Menschen die Art von Unzufriedenheit mit sich selbst entwickelt, die zum Leben führt."

„Also ziehen alle immer wieder um ... immer und immer wieder ... immer weiter weg von allen anderen?"

Er nickte. „Jahrhundertelang treibt sie dieses Kreisen um sich selbst immer weiter aus der Stadt hinaus. Wenn sich Neuankömmlinge niederlassen, bringen sie modernere Stilrichtungen mit, und so haben sich im Laufe von Jahrtausenden die Häuser immer weiter vom ursprünglichen Stadtzentrum entfernt, und sie sind immer größer und kunstvoller und aufwändiger geworden. Doch die Seelen der Menschen werden weiterhin von Stolz, Voreingenommenheit und Egoismus zerfressen."

„Aber wie können so prachtvolle Häuser gebaut werden, wenn jeder allein und für sich ist?"

„Die Leute haben ja nichts anderes zu tun, als sich zu überlegen, wie ihr neuer Palast oder ihre Villa aussehen soll. Sie stellen es sich vor und schon ist es da. Sie bekommen alles, was sie wollen. Welche Speisen oder welchen Luxus auch immer sie sich wünschen, sie bekommen ihn. Sie brauchen niemanden.

Jeder zwischenmenschliche Austausch wird verdorben durch das Krebsgeschwür der Ichbezogenheit. Anderen zu helfen ist dort etwas völlig Unbekanntes. Die Stadt breitet sich seit Tausenden von Jahren immer weiter aus. Manche der Leute, die in den Außenbezirken leben, haben Teleskope auf ihren Dächern, aber nicht, um damit die Sterne zu betrachten, sondern um die Häuser sehen zu können, die weit entfernt sind, manche davon inzwischen fast zweitausend Kilometer weit."

„Aber trotzdem", sagte ich erstaunt, „kann doch der Ort nicht *so* riesig sein. Es sind doch viel mehr Leute gestorben … ich meine, seit dem Anfang. Die Stadt kann doch gar nicht so groß sein, dass dort alle leben könnten."

„Vergiss nicht, dass eine große Anzahl von ihnen inzwischen schon in den Bergen ist", antwortete der Mann. „Und noch viel mehr sind unterwegs zum Feuer, und außerdem ist das hier nur eine von Tausenden solcher Städte des Todes. Die Leute in dieser Stadt sind aus einem bestimmten Grund so zusammengestellt worden. Alles hat einen Zweck, auch wenn sich viele weigern, ihn zu erfüllen. Die Leute sind hier, um ihr Inneres anzuschauen. In den verschiedenen Städten wird dieses Ziel durch ganz unterschiedliche Mittel erreicht. Es gibt Städte, in denen die Bereitschaft zu vergeben die Tür zur Entscheidung ist, in anderen ist die erforderliche Tür die Bereitschaft, Opfer zu bringen, und in wieder anderen Städten muss darauf verzichtet werden, sich selbst so wichtig zu nehmen – auf Macht und Prestige. Und es gibt auch Städte, in denen die Gier erkannt und auf den Mammon verzichtet werden muss, um die Entscheidung treffen zu können. Es wird jedoch in allen Städten dasselbe Ziel verfolgt, nämlich, dass die Bewohner schließlich durch die Tür treten, hinter der der Weg zum Leben beginnt."

„Aber dann", sagte ich und schaute mich um, „haben wir die Stadt ja anscheinend sofort wieder verlassen. Als wir erst einmal in diese Richtung gegangen sind, hat sich die Gegend ganz schnell verändert, und die Stadt lag hinter uns."

„Kannst du dir denn nicht denken, woran das lag?", fragte er.

„Ich... ich weiß es nicht", antwortete ich zögernd.

„Du bewegst dich in Richtung des Lebens", erklärte er. „Lelia hat in den Spiegel geschaut und in dem Augenblick gewusst, was aus ihr geworden ist. Durch diese Selbsterkenntnis hat sie angefangen zu leben. Sie ist zur Tür hinausgegangen."

„Ach so, ich glaube, jetzt verstehe ich."

„Sie hat es zwar noch nicht gemerkt, aber ihre Reise hat begonnen. Die Bewohner der Stadt spüren instinktiv, dass dies der Weg in Richtung Selbsterkenntnis ist. Es kann auch die Richtung zum letzten Feuer sein, obwohl zwischen hier und dem Feuer noch viele Entscheidungen liegen. Deshalb erstreckt sich die Stadt auch nur unendlich weit in die *entgegengesetzte* Richtung. Die Bewohner wollen so weit wie möglich vom Feuer entfernt sein, und deshalb vergessen sie auch, was ihnen gesagt worden ist. Sie *entscheiden sich* dafür zu vergessen. Sie *möchten* vergessen. Es geht ihnen sehr schlecht, aber trotzdem entscheiden sie sich täglich wieder für das Elend, das sie kennen. Sie entscheiden sich für die Hölle ihres einsamen Lebens in unzufriedener Isolation. Sie bekommen alles, was sie sich wünschen, aber sie wünschen sich nie das Eine, das sie glücklich machen würde."

„Und was ist das?", fragte ich.

„Es ist das Einzige – nämlich dass ihr eigener Wille für den Seinen stirbt, dass sie das wollen, was er will. Lieber nehmen sie in Kauf, dass es ihnen schlecht geht, als sich der Ursache ihres Leids zu stellen. Abscheu vor sich selbst ist der Beginn des Weges, der im Feuer endet. Dort mündet jener Tod des eigenen Selbst ins Leben. Aber das alles wird dir der Schotte noch genauer und besser erklären, wenn du ihn triffst. Jetzt wäre das alles noch zu viel für dich."

10

Die große Entscheidung

Lelia hatte die ganze Zeit nachdenklich zugehört.

„Was muss ich denn jetzt tun?", fragte sie nach einer Weile. An ihrem Tonfall war zu erkennen, dass sie überfordert war von all dem, was sie gerade gehört hatte. „Ich bin so lange in der Stadt gewesen", fuhr sie fort, „dass ich mich an das meiste von dem, was mir bei meiner Ankunft gesagt worden ist, nur noch dunkel erinnern kann. Es ist genau, wie du sagst – ich habe fast alles vergessen."

„Dann musst du dich wieder erinnern", sagte der Begleiter. „Es wird hier niemandem etwas zwei Mal erklärt."

„Aber es ist so lange her."

„Wenn du wirklich bereit bist, dann wirst du dich wieder erinnern, aber um dich zu erinnern, musst du zurückgehen."

„Zurückgehen? Aber wohin denn?"

„Zu der Weggabelung, an der du dich für den Tod statt fürs Leben entschieden hast. Dort hat dein Nichtwissen begonnen, und deshalb ist es auch die Stelle, an der dein Wissen beginnen muss."

„Kann ich denn nicht einfach von hier aus weitermachen?"

„Nein, es gibt kein Weitergehen, ohne erst zurückzugehen. Alle Verfehlungen müssen erst in Ordnung gebracht werden. Und Fehler können nur dort bereinigt werden, wo sie gemacht wurden. Der einzige Weg nach vorn ist der zurück zu dem Punkt, an dem die Verfehlung begangen wurde."

Lelia schaute sich irritiert um. „Aber ich habe keine Ahnung, wo ich bin. In welche Richtung soll ich denn gehen?"

„Du musst zurück in den Wald, wo sich dein ursprünglicher Weg zum ersten Mal gegabelt hat. Du musst zurück zu deiner falschen Entscheidung, wenn du sie korrigieren willst."

Noch immer schien Lelia verwirrt.

„Aber wie soll ich denn die Stelle jemals wiederfinden? Das muss doch Hunderte, Tausende von Jahren her sein."

„Hast du denn immer noch nicht gemerkt, dass Zeit hier anders gemessen wird? Es ist ein Aion her. Indem du die Stadt des lebendigen Todes verlassen hast, ist ein Aion zu Ende gegangen, und ein neues hat begonnen. Deine Zukunft hat begonnen. Wer weiß – vielleicht ist der Wald nur einen Tag entfernt."

„Und wie soll ich ihn finden?"

„Allen, die auf der Suche nach der Wahrheit sind, wird der Weg gezeigt, also auch dir. Ich bin geschickt worden, um dich am Anfang dieses Weges zu begleiten."

Nun wandte er sich in meine Richtung.

„Und ich?", fragte ich.

„Als du die Wahl hattest, zurückzugehen oder deinen Weg fortzusetzen", antwortete er, „da hast du eine kluge Wahl getroffen, indem du weitergegangen bist. Dein Weg hat also gut angefangen. Ich würde dir ja zu diesem Schritt gratulieren, aber man kann wohl kaum zu etwas gratulieren, wozu man gezwungen war."

„War ich denn gezwungen? Ich dachte, es wäre meine eigene Entscheidung gewesen."

„Du warst gezwungen, und es war deine eigene Entscheidung. Du hast dich für das entschieden, wofür wir uns am Ende entscheiden *müssen*."

Wieder wurde ich mit dem Rätsel sich ausschließender Gegensätze konfrontiert, die hier vorzuherrschen schienen. Jeder sprach in Rätseln. Ich wusste aber dennoch, dass es keine überflüssigen Worte gab, dass nur alles mehr Bedeutung hatte, als ich begreifen konnte. War dies die Stelle, wo sich, wie ich schon ganz früh im Mathematikunterricht gelernt hatte, zwei

Parallelen berühren, wo die Quadratwurzel aus minus eins tatsächlich existierte ...? Gab es wirklich einen *Ort* wie die Unendlichkeit ... und war ich genau dort gelandet?

„Um das Rätsel für dich zu lösen", sagte der Mann und unterbrach mich in meinen Gedanken, „ja – das hier ist wirklich die Unendlichkeit. Die geistliche Mathematik hier ist aber eine völlig andere. Auf dieser Seite des Reichs des Vaters gelten andere Regeln. Gottes Ökonomie ist völlig anders als die, die du aus deinem früheren Leben kennst. Die Mathematik dort war so beschaffen, dass sie für Sterbliche zu begreifen war. Hier muss alles erfüllt werden."

„Ich muss gestehen, dass das sehr verwirrend ist."

Er lächelte. „Es wird alles immer klarer werden", sagte er. „Die Wahrheit auf dieser Seite ist viel größer und umfassender, als man es je mit dem begrenzten irdischen Verständnis von Wahrheit begreifen könnte, für das es dort so viele unterschiedliche Bezeichnungen gibt. Das waren lediglich schattenhafte Andeutungen dessen, was es wirklich ist. Hier wird alles zu einer Gesamtheit zusammengebracht. Viele Christen sind noch sehr viel verunsicherter als du, wenn sie hier ankommen."

„Und warum ist das so?", fragte ich.

„Sie erwarten, dass ihre Lehren auch hier nach den irdischen Rahmenbedingungen funktionieren. Sie wenden weiterhin irdische Worte und Formeln auf die Großen Wahrheiten an, die hier nur begriffen werden können, indem man auf eine höhere Ebene des Verstehens gelangt. Manche schaffen diesen Übergang einfach nicht. Sie sind so gebunden an irdische Erklärungen und Deutungen, dass sie nicht in die ewigen Wahrheiten hineinblicken können, auf die diese irdischen, endlichen Erklärungen mir ein Hinweis waren. Aber das alles", fügte er hinzu,

„ist nur ein Nebenaspekt der Aufgabe, die ich hier habe. Deine nächste Lektion ist die, wegen der ich zu dir geschickt wurde", fuhr er fort. „Erinnerst du dich noch daran, wie er dich am Anfang der Reise gebeten hat, ihm zu geben, was du aus dir gemacht hast?"

Ich nickte.

„Du wusstest es nicht – nun ja, du hättest es wissen sollen … das hätten wir alle –, aber dein ganzes Leben lang hast du mit jeder winzigen Entscheidung und jeder Regung deines Willens ganz langsam den zentralen Teil von dir – dein inneres Wesen, deinen Charakter, deine Persönlichkeit – in etwas verwandelt, das anders war, als es ursprünglich gedacht war."

„Wie war das möglich?", fragte ich. „Mit *jeder* Entscheidung?"

„Ja, natürlich. Dein maßgebliches Du war dein Wille. Er war das Werkzeug, das Gott dir geschenkt hat, um damit deinen Charakter zu entwickeln und zu formen. Und genau um den hat er dich gebeten, als du angekommen bist – er wollte sehen, was du daraus gemacht hast."

„Wie hat denn dieses Werkzeug – mein Wille, sagst du –, wie hat es denn funktioniert?"

„Dein Wille ist so etwas wie ein Muskel deines Charakters. Jedes Mal, wenn du deinen Willen benutzt hast, hast du entweder den Muskel der Entscheidung für das Gute und für Selbstlosigkeit gestärkt, oder du hast seinen Gegenspieler trainiert – den zum Bösen und zum Egoistischen hin. Jede noch so kleine Entscheidung hat dabei ihre Wirkung gehabt. Es kommt auf jede Entscheidung an – ob es eine unfreundliche Bemerkung ist oder das Lachen über einen unanständigen Witz, oder ob man sich die Zeit nimmt, um jemandem in Not zu helfen –

die Gesamtheit all dieser Entscheidungen hat Auswirkungen; sie wirken sozusagen kumulativ. Du wirst dein ganzes Leben lang entweder zu einem besseren und selbstloseren Mann oder aber zu einem egoistischeren. Mir steht kein Urteil darüber zu, was davon auf dich zutrifft. Da muss jeder selbst in den Spiegel schauen. Die Selbsterkenntnis durch den inneren Spiegel ist der Zweck von all dem, was diesseits der Berge geschieht."

Er schwieg und ließ mich das Ausmaß dessen erfassen, was er da gesagt hatte.

„Jetzt ist die Zeit gekommen", fuhr er nach einer ganzen Weile fort, „dass du diese kleinen Momente als das siehst, was sie waren, und dir anschaust, was du durch sie aus dir gemacht hast. Es ist jetzt Zeit, dass du über deine unzähligen Entscheidungen nachdenkst und siehst, was bei jeder davon auf dem Spiel stand."

Wieder hielt er inne. „Dort liegt dein Weg", sagte er. „Du bewegst dich schon auf dein Ziel zu. So wie Lelia zurückgehen muss, musst du weiter vorwärtsgehen."

Er zeigte nach rechts, und ich war schockiert, als ich sah, dass in der Richtung, in die er gezeigt hatte, jede Spur von Grün verschwunden war. Es gab dort weder Bäume noch Sträucher noch Gras. Ganz weit in der Ferne, aber gerade noch zu erkennen inmitten der Hitzewellen, die aus dem Boden stiegen, sah ich eine kleine Bergkette. Diese Berge waren jedoch ganz anders als die Berge des Lichts. Sie sahen karg, schroff und unheilvoll aus. Zwischen der Stelle, wo ich mich befand und diesen Bergen lagen Dünen und Felsen und Sand und Staub – es war eine unwirtliche Einöde.

„Das ist die Wüste der Selbstprüfung", sagte er. „Die musst du allein durchqueren, und du musst zulassen, dass sie in deinem Inneren ihre Wirkung tut. Dein Weg wird ein Weg der Einsamkeit, ein Weg der Kontemplation sein, und du wirst niemandem mehr begegnen, bis du auf der anderen Seite der Hügel ankommst."

„Es sieht zu trocken und zu heiß und zu unbelebt aus, um darin überleben zu können", war mein törichter Einwand.

Er lächelte. „Du vergisst, wo du bist", sagte er dann. „Wir sind jenseits des Todes, obwohl viele auch hier immer noch sterben, weil sie nicht bereit sind, wirklich zu sterben. Allerdings ist deine Beobachtung gar nicht so falsch, und deshalb wirst du am Fuß der Hügel eine Oase finden, sonst würdest du sicher verzweifeln oder sogar umkommen. Du wirst dort Nahrung finden, damit du deine Wanderung fortsetzen kannst. Doch das, was der Garten dort offenbart, wird wehtun und nur schwer zu ertragen sein. Du wirst die Qualen dieser winzigen Momente in deiner Vergangenheit entdecken. Du wirst sehen, wohin sie dich geführt haben."

Er redete eine ganze Weile und sagte noch viel mehr, und an das, was er sagte, sollte ich mich später wieder erinnern, als es notwendig war, mich daran zu erinnern. Schließlich wandte er sich zum Gehen und sagte: „Ich muss dich jetzt verlassen."

Lelia schaute zu mir hin, und mir war klar, dass sie ihm folgen sollte.

„Ich wünsche dir alles Gute, Lelia", sagte ich.

„Ich dir auch. Ich frage mich, ob wir uns wohl noch einmal wiedersehen werden."

„Ich hoffe, das werden wir, und irgendwie bin ich da auch ganz sicher."

„Dann werden wir sicher beide sehr verändert sein." Lelia lächelte. Sie sah schon jetzt jünger aus als zu dem Zeitpunkt unserer ersten Begegnung. „Auf Wiedersehen“, sagte sie. „Und vielen Dank. Ich weiß nicht, ob ich den Mut gehabt hätte, die Stadt zu verlassen, wenn du nicht gekommen wärst.“

„Gute Reise, Lelia.“

Mit einem letzten Lächeln zum Abschied ging Lelia neben ihrem englischen Begleiter davon. Ich schaute den beiden nach und hörte, wie sie miteinander redeten. Der Don sagte etwas, das ich nicht verstehen konnte, aber ich verstand, was Lelia antwortete.

„Ich weiß nicht, ob ich in der Lage sein werde, mich für das Feuer zu entscheiden“, sagte sie.

„Wenn du dazu bereit bist, dich dafür zu entscheiden, dann wirst du auch die Kraft bekommen, dich dafür zu entscheiden.“

„Und woher weiß ich, dass ich bereit bin?“

„Das brauchst du nicht zu wissen. Einer wird es wissen, und es genügt, wenn er es weiß. Du musst einfach bereit sein. Aus der Bereitschaft erwächst das Verlangen, aus dem Verlangen Mut, aus dem Mut Stärke, aus der Stärke die Entscheidung und aus der Entscheidung das Tun.“

Sie redeten weiter, waren aber schon bald außer Hörweite, und ich konnte nichts mehr verstehen.

11

Die Wüste der Selbstprüfung

Ich muss gestehen, dass mir ziemlich mulmig zumute war, als ich zur Durchquerung der Wüste aufbrach. Es war heiß und trocken und ich fühlte mich sehr allein. Das hier war wirklich eine Wüste der Einsamkeit. Die Zeit mit Lelia in der Stadt und die Zeit mit dem britischen Don hatte mich beinahe vergessen lassen, was an diesem Ort das wichtigste Anliegen war, nämlich mich selbst zu erkennen, um bereit zu werden für die Berge.

Das wurde mir jetzt mit geballter Wucht wieder bewusst. Ich war allein mit mir und meinen Gedanken. In der Stille der brütend heißen Wüste wurde ich von Bildern und Stimmen aus meiner Vergangenheit heimgesucht. Es passierte jetzt öfter, dass mein früheres Leben vor mir ablief, aber nicht, wie oft behauptet wird, rasend schnell und verschwommen, sondern es tauchte jeder einzelne Moment absolut klar vor mir auf – unbedachte Worte, egoistische Motive, Menschen, denen ich wehgetan hatte … und alles war durch und durch geprägt von meiner eigenen ekelhaften Ichbezogenheit, meiner Arroganz und meinem überdimensionalen Ego. Ich hatte das Verlangen, mich bei jedem einzelnen Menschen für meine Rücksichtslosigkeit, meine Voreingenommenheit und mein egoistisches Verhalten zu entschuldigen. Ich hatte noch keine Ahnung, dass mich die Wüste genau darauf vorbereiten sollte. Wie schnell ich doch vergessen hatte, was der Naturwissenschaftler und das chinesische Genie mir gesagt hatten. Hätte ich mich in diesem Moment daran erinnert, wäre ich sicher so überfordert gewesen, dass ich zusammengebrochen und dort geblieben wäre, wo ich gerade war.

Als ich so dahintrottete, fiel mir noch mehr von dem wieder ein, was der Don gesagt hatte.

„Du hast zu der großen Mehrheit gehört“, hatte er gesagt, „die bei anderen Denkmuster, Einstellungen, Verhaltensweisen und Motive geformt haben, welche dann in deren Innerem unsichtbaren Schaden anrichteten. Diese Leute wissen gar nicht, dass sie sich tausendmal am Tag für Egoismus oder Selbstlosigkeit *entscheiden.* Dadurch verwandeln sie ihr innerstes Wesen langsam in eines, das immer selbstverliebter wird, das sich immer mehr darauf konzentriert, eigene Bedürfnisse zu befriedigen. Oder aber, wenn sie sich für die Weisheit entscheiden, gestalten sie ihr Innerstes so, dass sie bereitwilliger eigene Bedürfnisse um anderer willen zurückstellen oder sogar Verzicht leisten. Wenn sie hier ankommen und ihnen die Augen geöffnet werden, dann sind sie schockiert über das, was aus ihnen geworden ist. Ihnen ist nie klar gewesen, welche Auswirkungen die Gesamtheit ihrer Millionen von Entscheidungen für sie selbst gehabt hat. Du bist nicht allein. Gläubige Frauen und Männer – egal ob Juden, Muslime, Christen oder Buddhisten – sind oft ganz besonders entsetzt. Überleg nur, wie es für die sein muss, die geglaubt haben, sie wären unter den Gerechten, die ihr Leben der Kirche oder der Meditation geweiht haben oder dem Jihad oder der Synagoge, die ihr Geld und ihre Zeit geopfert haben, um dann bei ihrer Ankunft hier feststellen zu müssen, dass sie keinerlei wahre Geistlichkeit gelebt, sondern im Grunde nur sich selbst geliebt haben. Der Schmerz, den du gerade erlebst, ist gar nichts im Vergleich mit dem, den diese Leute bei ihrer grausigen Entdeckung empfinden, dass sie die ganze Zeit nur Heuchler gewesen sind.“

Der Tag verging, ja es war eigentlich die ganze Zeit Tag. Zum ersten Mal seit meiner Ankunft wurde ich müde. Meine Kehle war völlig ausgedörrt, und ich merkte, dass ich Blasen an den

Füßen bekam. Die Sonne brannte erbarmungslos, nirgends gab es Schatten oder Wasser, und ich schien den Hügeln, zu denen ich unterwegs war, kein bisschen näher gekommen zu sein. Verzweiflung packte mich, weil ich das Gefühl hatte, niemals dort anzukommen.

Ich ging weiter, und die Zeit kam mir vor wie endlos aneinandergereihte Tage ohne Nächte dazwischen. Meine Erinnerung war jetzt genauso intensiv und klar wie mein Sehvermögen, aber sie beschränkte sich nicht nur auf Vorfälle und Ereignisse allein, sondern ich konnte *in sie hinein*sehen… erkannte, welche Motive hinter meinem Handeln, meinen Worte und Einstellungen gestanden hatten. Ich hatte das unschätzbar wertvolle Geschenk meines Willens bekommen, es aber nur für mich selbst und meine eigenen Zwecke eingesetzt. Ich sah, dass ich mich für Egoismus *entschieden* hatte, dass ich mich für Stolz *entschieden* hatte, dass ich mich für Gier und Trägheit *entschieden* hatte, dass ich mich für Täuschung und Betrug *entschieden* hatte, dass ich mich für Begierde *entschieden* hatte, dass ich mich für eine heuchlerische Selbstgerechtigkeit in Bezug auf mein Nichtglauben *entschieden* hatte. Mein eigener Wille war mein Komplize gewesen bei meinem Verbrechen gegen die Schöpfung Gottes – gegen die Person, als die er mich geschaffen hatte.

Vor meinem inneren Auge tauchte jetzt das Bild meiner Mutter auf… wie sie sich mit Tränen in den Augen abwandte, als ich, ihr sechzehnjähriger Sohn, einen beißend herablassenden Kommentar über etwas abgab, das sie gerade gesagt hatte. Ich war damals in dem Alter, in dem ich total verliebt war in meinen Verstand und völlig hingerissen von meiner Fähigkeit, logisch zu denken und zu analysieren. Und warum hätte ich das auch nicht sein sollen? In der Schule hatte ich in allen Fächern glatte Einsen, und ich war als Schüler anerkannt, der geistreich war, eine scharfe Zunge hatte und in der Lage war, jeden Diskussionsgegner in Grund und Boden zu argumentieren – und ich war stolz darauf. Meine Mutter war in meinen Augen eine intellektuelle Dilettantin, und ich ließ keine Gelegenheit aus, sie das spüren zu lassen, indem ich sie in kleinliche Wortgeplänkel verwickelte („Diskussionen", wie ich sie nannte), um dabei auf ihre Kosten meine Debattierfähigkeiten weiter zu verbessern. Ich hatte die Lebensphase größter Hybris erreicht, in der es meinem aufkeimenden Stolz gefiel, aus den hochmütigen Höhen meines sechzehn Jahre alten Egos auf meine Mutter herabzublicken.

Die Tränen, die in ihren Augen schimmerten, riefen jetzt tiefe Reue bei mir hervor. Wie noch nie zuvor sah ich ihr Wesen, sah die Demut hinter dem Schweigen, auf das meine verbalen Trommelfeuer oft getroffen waren. Ich hatte ihre Weigerung, sich mit meiner halsstarrigen Polemik auseinanderzusetzen, als Zeichen für Ignoranz und Schwäche betrachtet, und dabei hatte sie die Wahrheit auf einer viel tieferen Ebene begriffen als mir klar gewesen war. In Wirklichkeit war *ich* der Ignorant gewesen, weil ich nicht ihre innere Tiefe erkannt hatte – ihre Weisheit, ihre Charakterstärke und ihre Persönlichkeit, die Welten entfernt waren von der Person, zu der ich mich immer mehr entwickelte. Jetzt erkannte ich, dass sie sich Diskussionen entzogen hatte, indem sie meine intellektuellen Spitzen mit Schweigen quittierte, und zwar nicht, weil sie mich nicht verstand, sondern weil es sie schmerzte, dass ich immer mehr Vergnügen daran fand, meine geistigen Waffen auf Kosten anderer zu wetzen. Sie hatte gehofft, dass ich eines Tages meinen Frieden finden würde in der Liebe zur Wahrheit, statt meinen Stolz nur mit dem Jonglieren von Ideen zu füttern.

Die unerträgliche Trauer, die ich empfand, als ich sie jetzt so vor meinem inneren Auge sah, überwältigte mich; denn jetzt war es zu spät, all die Tausende von verurteilenden Worten, arroganten Bemerkungen und verächtlichen Entgegnungen zurückzunehmen, mit denen ich sie meine ganze Jugendzeit hindurch traktiert hatte.

Und dann erschien ein weiteres Bild vor meinem inneren Auge … es war das Bild meines eigenen überheblich grinsenden Gesichtes. Ich war auf dem Campus am College unterwegs und ging durch einen Innenhof. Mein Stolz hatte noch gewaltig zugenommen in den Jahren, seit ich die Klinge meines Scharfsinns und meiner Schlagfertigkeit am Schleifstein des Herzens meiner Mutter gewetzt hatte. Als ich mich der Mitte des Innenhofes näherte, merkte ich, dass dort irgendetwas im Gange war. Ein Pulk von Studenten war dort versammelt, und in der Mitte stand ein begeisterter Christ mit einem Megafon in der Hand, der ein leidenschaftliches Plädoyer dafür hielt, doch auf den Ruf Jesu zu hören und ihm zu folgen. Seine Worte waren für meinen aufgeklärten Atheismus wie ein rotes Tuch. Ich drängte mich zwischen den Menschen hindurch, von denen die meisten sowieso nicht zuhörten, und wartete auf meine Chance, die schließlich auch kam. Ich hob die Hand und trat vor.

„Hättest du etwas gegen eine Frage?“, sagte ich an den Redner gewandt.

„Nein, ganz und gar nicht. Nur zu“, antwortete er.

Er hatte ja keine Ahnung, worauf er sich da einließ. Nach nicht einmal fünf Minuten hatte ich das Megafon in der Hand und alle, die sich in dem Innenhof aufhielten, hörten mit gebannter Aufmerksamkeit zu, wie ich den armen Kerl verbal auseinandernahm. Die Menge brach in Beifall aus, und alle hatten ihren Spaß daran, wie ich ihn gnadenlos herunterputzte. Als ich fertig war, gab ich dem Christen das Megafon zurück, ging unter dem Gelächter, Glückwünschen und Schulterklopfen der Menge davon und fand mich unheimlich gut. Der junge Mann versuchte, etwas auf meine Ausführungen zu entgegnen, aber die Menge hatte durch meine Rede Oberwasser bekommen. Die Leute johlten und riefen dazwischen und schrien ihn einfach nieder. Keiner hörte auch nur ein Wort von dem, was er sagte. Ihm blieb nichts anderes übrig, als seine Sachen zusammenzupacken und beschämt den Ort des Geschehens zu verlassen. Ich hatte meinen Triumph. Über den Vorfall wurde dann in der nächsten Ausgabe der Uni-Zeitung berichtet, und von da an wurde ich für eine Art Rationalismus-Papst gehalten.

Und jetzt sah ich das alles ganz deutlich: Die Blasiertheit und Borniertheit meiner Worte, meine ganze Ausdrucksweise an jenem Tag hatten vor Herablassung nur so gestrotzt. Als ich jetzt vor meinem inneren Auge meinen eigenen Gesichtsausdruck wiedersah und meinen Blick, als ich durch die beeindruckte, fast ehrfürchtige Menge davonging, war das so abstoßend, dass ich schon allein bei der Erinnerung Brechreiz bekam.

Und dann erschien ein drittes Bild vor meinem inneren Auge, diesmal eines aus der jüngeren Vergangenheit. Ich war neben ein paar anderen prominenten Persönlichkeiten zu einer Podiumsdiskussion über aktuelle Themen eingeladen worden. Mein Buch stand gerade ganz oben auf der Bestsellerliste, und ich war mittlerweile einer der bekanntesten Atheisten des Landes. Während ich den anderen Diskussionsteilnehmern Fragen stellte und ihre Fragen parierte, zeigten meine Gesten, mein

Manierismus und meine gesamte Haltung die überhebliche Selbstverliebtheit eines Menschen, der alles zu wissen meint und dem das auch sehr bewusst ist. Ich erinnerte mich an diese Begebenheit unglaublich klar, erinnerte mich genau daran, was ich damals gedacht und empfunden hatte. Und plötzlich erkannte ich klar und deutlich, wie absolut verblendet meine Eitelkeit gewesen war! Wie konnte ein Mensch dermaßen blind dafür sein, wer er war, dermaßen blind für sein Inneres, sich so wenig des üblen Geruchs seines unmaskierten Egos bewusst? Aber genau diese Blindheit hatte mich zerstört.

Der Anblick dessen, was ich jetzt vor meinem inneren Auge sah, war unaussprechlich scheußlich. Schließlich drehte ich mich zur Seite und erbrach mich so heftig, dass ich das Gefühl hatte, mein Innerstes würde nach außen gekehrt.

Nachdem ich mich ein wenig erholt hatte, setzte ich meinen Weg fort, und es kamen weitere Bilder aus der Vergangenheit in meine Seele.

Nach scheinbar endlos langen und einsamen Tagen der Selbstprüfung und Selbsterforschung merkte ich, dass die Hügel vor mir doch viel näher gerückt waren als zum Zeitpunkt meines Aufbruchs. Sie erhoben sich aus der Wüste als reiner Fels und tückische Klippen, aber ich wusste irgendwie, dass mein Weg durch sie hindurchführen würde. Ich erkannte den höchsten Gipfel unter ihnen – ich weiß gar nicht, wie – als den sagenumwobenen Berg Sinai. Als mir das klar wurde, wusste ich, dass ich die Wüste der Sünde durchquert hatte. Nicht das Volk Israel, sondern ich selbst war in der Wüste meiner *eigenen* Sünde unterwegs.

12

Im Garten der Augenblicke

Nach einem Weg, von dem ich glaubte, dass er niemals enden würde, erreichte ich die kargen Gebirgsausläufer und erblickte vor mir grüne Pflanzen. Von Weitem sahen sie aus wie eine Gruppe von Palmen, aber als ich näher kam, merkte ich, dass ich in einen großen Garten gelangt war, in dem es alle möglichen Arten von Blumen gab und Sträucher und andere Pflanzen. Manche davon waren hoch wie Bäume, manche bedeckten den Boden, manche wuchsen in kleinen Zierbeeten und wieder andere am Weg entlang. Als ich näher kam, veränderte sich die Luft. Sie wurde schwer und duftend, und um mich her wuchsen überall die märchenhaftesten und ungewöhnlichsten Zusammenstellungen von Blüten, die man sich vorstellen kann. Sie waren von einer unendlichen Vielfalt – manche größer als mein Kopf, manche so klein, dass man eine Lupe gebraucht hätte, um sie richtig zu erkennen. In der Mitte des Gartens befand sich ein smaragdgrünes Becken, von dem alles bewässert wurde. Ich sank auf die Knie und trank daraus und wurde nach meinem langen Weg erfrischt. Nachdem mich das lebendige Wasser neu belebt hatte, stand ich auf und ging umher. Und jetzt erinnerte ich mich wieder an etwas, das mir der englische Don erzählt hatte.

„Die Oase, in der du mit Verpflegung für deinen weiteren Weg versorgt wirst", hatte er gesagt, „befindet sich in dem Garten, in dem Augen geöffnet werden. Auf dem Weg zu den Höchsten Höhen muss ihn jeder durchqueren, aber jeder gelangt zu seinem ganz eigenen Zeitpunkt und auf seine eigene Weise dorthin. Manche sind sofort nach ihrem Durchgang durchs Licht dort. Es müssen jedem die Augen geöffnet werden, damit er sich so sehen kann, wie er ist, aber die Wege und Ziele, die zum Öffnen der Augen führen, sind zahlreich und vielfältig."

Als ich im Garten umherging, erreichte mich der Duft der Blüten nicht nur mit dem Geruchssinn, sondern mit einem Empfinden von *Wissen*. Die unterschiedlichen Aromen feuerten ein inneres Licht ab, das pulsierend bis in mein tiefstes Inneres vordrang. Alle Sinneswahrnehmungen verschmolzen zu einer einzigen – Sehen, Riechen, Denken, Fühlen, ja sogar das Schmecken, und da wurden mir die Augen dafür geöffnet, was diese unzähligen Düfte besagten. All diese Wehmut auslösenden Aromen brachten das Pochen der Enttäuschung und der Sehnsucht mit sich. Ich erkannte, was für ein gewaltiges Geschenk ich mit meiner Intelligenz bekommen hatte, aber auch, wie wenig *Weisheit* ich daraus entwickelt hatte.

Ich gelangte an eine ausgedehnte Grünfläche. Auf den ersten Blick schien es Rasen oder ein mit Bodendeckern bewachsenes Stück Garten zu sein, doch bei näherem Hinsehen stellte ich fest, dass es ein riesiger Teppich aus winzigen Blüten war. Die Blüten hatte ich kaum bemerkt, bis ich schon ein ganzes Stück auf die bunte Wiese gegangen war. Ich kniete mich hin und entdeckte darin alle Farben des Regenbogens – Veilchen und Stiefmütterchen, Ranunkeln und Vergissmeinnicht und Tausenden anderer … Millionen von einzelnen Blumen, die zusammen den Teppich unter meinen Füßen bildeten.

Ich legte mich mit dem Gesicht nach unten mitten hinein und atmete tief ein. Auf das, was dabei geschah, war ich allerdings absolut nicht gefasst gewesen: Vermischt mit dem süßen Duft der Blüten nahm ich einen Geruch wahr, der nicht anders zu beschreiben war als *ranzig*. Er war so intensiv, dass ich angewidert mit dem Kopf zurückzuckte.

Wieder erinnerte ich mich an die Worte des Dons: „In dem Garten wirst du mit deinen eigenen kleinen Augenblicken konfrontiert", hatte er mir gesagt. „Mit deinen Einstellungen, deinen Motiven, deinen Worten, deinen Entscheidungen und deinen Gedanken. Jeder einzelne davon hat ein Samenkorn in den Grund deines sich entwickelnden Charakters gelegt. Sie sind gewachsen und aufgeblüht, und jetzt wirst du sehen, welche Frucht die Saat deiner Entscheidungen gebracht hat. Manche werden dir Freude machen. Wir sind alle das Resultat vieler guter Einflüsse und guter Entscheidungen, denen wir erlaubt haben, in unserem Inneren Wurzeln zu schlagen. Aber es gibt auch die Elemente des Egoismus und eigensüchtiger Entscheidungen, denen wir gestattet haben, mit den anderen zusammen heranzuwachsen. Der Geruch der Blüten des Egoismus ist für unsere Sinne so abstoßend, dass uns davon übel wird. Doch es ist unbedingt notwendig, dass wir uns so sehen, wie wir wirklich sind. Deshalb werden wir in den Garten geführt."

Als ich so auf dem Blütenteppich lag, erfüllten mich manche der Düfte, die ich dort wahrnahm, mit wehmütiger Freude und mit Glück. Ich erinnerte mich an meine Familie und meine Freunde, an meinen Bruder und meine Schwester, an meinen besten Freund aus der Kindheit und an mehrere Lehrer, die nett zu mir gewesen waren. Und dann erinnerte mich ohne Vorwarnung ein fauliger Gestank an den Tag, an dem ich in einem Laden eine Packung Kaugummi gestohlen und in die Tasche gesteckt hatte, während meine Mutter an der Kasse mit dem Ladeninhaber sprach und ihre Einkäufe bezahlte.

Nach einer ganzen Weile stand ich wieder auf und sah mich um. Das Meer kleiner Blumen zeigte sich jetzt als das, was es war. Ich merkte, dass ich *mich selbst* anschaute. Die Gerüche der riesigen Blumenwiese standen für den Charakter, den ich im Laufe meines Lebens entwickelt hatte. *Darum* hatte er mich gebeten, als er mir zum ersten Mal begegnet war und mir die Hand hingehalten hatte. Mein Charakter war eine ungeheuer große Mischung aus Gut und Böse, aus wenig Freundlichkeit und viel Egoismus, ein paar wenigen süßen Düften der Fürsorge und des Mitgefühls, die ich an den Tag gelegt hatte, vermischt mit dem üblen Gestank, der von den zahlreicheren Entscheidungen ausging, an denen ich mich selbst an die erste Stelle gestellt hatte.

Mit einer Traurigkeit, die tiefer war als alles, was ich auf der Erde je erlebt hatte, wurde mir klar, dass das bisschen Freundlichkeit, zu dem ich in der Lage gewesen war, in erster Linie meiner Frau, meinen Kindern und meinen Freunden gegolten hatte, und Menschen, bei denen es mir nicht schwergefallen war, sie zu mögen. Aber ich konnte mich nur an wenig Freundlichkeit oder gute Gedanken im Zusammenhang mit weniger sympathischen, eher lästigen Menschen erinnern, besonders solchen, die anders dachten als ich und andere Überzeugungen vertraten.

Dort, wo ich gerade stand, atmete ich einmal tief ein. Der Geruch war nicht angenehm, sondern unangenehm stechend. Meine Augen füllten sich mit Tränen, denn der Gestank meines Charakters verursachte mir eine Qual, von der ich glaubte, sie nicht aushalten zu können.

Ich verabscheute mich selbst. Noch nie zuvor hatte ich mich so abgrundtief verabscheut wie in diesem Moment.

Im tiefsten Grunde meines Herzens sehnte ich mich danach, dass der Gestank des Egoismus vertrieben und zu einem Wohlgeruch umgewandelt würde. Ich sehnte mich nach Bereinigung der Verfehlungen, die ich begangen hatte, und des Unrechts, das ich getan hatte. Ich sehnte mich danach, dass meine

Intelligenz in Weisheit verwandelt würde. Ich sehnte mich danach, dass aus meiner Arroganz Respekt würde. Ich sehnte mich danach, dass aus meinem Unglauben Glaube würde. Ich sehnte mich danach, dass aus meinem Stolz Demut würde.

Tage, Wochen, vielleicht Jahre ging ich weiter in dem riesigen Garten umher – wahrscheinlich ein Aion. Und ich kann nur sagen, dass ich dort Wahrheiten sah, dass immer neue widerliche Gerüche immer neue Offenbarungen und viele Tränen brachten. Ich wehrte mich nicht dagegen, wenn sie kamen, denn ich wollte endlich sauber und rein werden. Ich wollte, dass mein Charakter einen angenehmen Duft verströmte.

Zum ersten Mal seit meiner Ankunft begann ich mich nach dem reinigenden Feuer zu sehnen.

13

Das Feuer, das nicht zerstört

Schließlich wusste ich, dass ich den Garten verlassen und weitergehen sollte. Ein innerer Antrieb führte mich auf den Gipfel des Berges Sinai, der vor mir aufragte. Schon nach kurzer Zeit hatte ich ihn erreicht und kletterte seine steilen Felswände hoch, fiel ab und zu hin, krabbelte eine felsige Schlucht hinauf, erklomm als Nächstes eine glatte Felswand, die unmöglich zu bezwingen schien, nur um danach noch sehr viel schwierigere Hindernisse vor mir aufragen zu sehen.

Vor mir in der Ferne sah ich ein Licht, das nichts Gutes verhieß. Es war anders als das Licht des Portals bei meiner Ankunft. Dieses Licht war nicht gleißend hell, fast weiß, sondern es flackerte rot-orange. Ein Schauer durchfuhr mich, denn mir war klar, dass es sich um den Schein eines großen Feuers handelte. Langsam ging ich weiter darauf zu.

Vor mir sah ich etwas, das aussah wie ein riesiges Lagerfeuer, das über den Höhenzug hinausloderte. Selbst aus der Entfernung war die Hitze so stark, dass ich kaum noch einen Schritt weiter darauf zugehen konnte. Trotzdem kroch ich weiter voran.

In der Mitte des Feuers wuchs ein riesiger Baum, von dem jeder Zentimeter – Stamm, Äste und Blätter – in Flammen stand. Ich hatte keine Ahnung, wie er in dieser Hitze überleben konnte, aber es war deutlich zu erkennen, dass der Baum noch am Leben war, denn er war überall grün. Während ich den Baum betrachtete, sprossen überall neue Knospen und Triebe, aber noch während sie austrieben, standen sie auch schon in Flammen. Jeder Zentimeter brannte lichterloh, aber gleichzeitig bildete der Baum neue Triebe und wuchs weiter. Ich wusste, dass ich eine weitere Manifestation der Realität vor Augen hatte, für die ich in meinem früheren Leben nichts als Spott übrig gehabt hatte – den brennenden Busch, in dem Mose dem Gott der versklavten Israeliten begegnet war.

Ich näherte mich so weit, wie ich mich vorwagte. Mit meiner geschärften Sehkraft schaute ich mitten in das Feuer und sah auf dem Stamm und den Ästen des gewaltigen Baumes Millionen winziger Käfer und Spinnen und Ameisen und Termiten und Asseln, die versuchten, ihn zu zerstören. Viele davon hatten sich schon tief in den Stamm gebohrt, sodass ein großer Teil der Borke bereits vernichtet war. Jeder Zentimeter des Baumes war mit Käfern bedeckt. Millionen von Würmern, Blattläusen, Motten, Raupen und Heuschrecken fraßen das Blattgrün genauso schnell weg, wie es erschien. Es war unmöglich, dass irgendetwas Wachsendes, Lebendes einen solchen Ansturm von Schädlingen überstehen konnte. Die Termiten und Käfer hatten sich bis in den Kern des Stammes gebohrt und mussten ihn bereits von innen zerstört haben. Der Kampf zwischen den todbringenden Schädlingen und dem neu sprießenden Leben an dem Baum war erbittert. In dem Augenblick, wenn sich ein neuer grüner Trieb zeigte, stürzten sich Tausende von Motten und Heuschrecken darauf. Der gesamte Baum wurde von außen und innen angegriffen, von oben und von unten. Ich konnte *in ihn hinein* sehen, und zwar auch unter die Erde, wo seine Wurzeln ebenfalls pausenlos von Schädlingen im Erdreich attackiert wurden. Aber all das Ungeziefer konnte die lodernden Flammen unbeschadet überstehen.

Und dann ertönte mitten aus dem Feuer eine donnernde Stimme.

„Komm nicht näher“, sagte die Stimme. „Zieh deine Schuhe aus, denn die Stelle, auf der du stehst, ist heiliger Boden.“

Ich tat, was die Stimme gesagt hatte, bedeckte mein Gesicht

mit den Händen und fiel auf die Knie, und ich zitterte vor Ehrfurcht und Schrecken am ganzen Körper.

„Ich bin, der ich bin“, donnerte die Stimme. „Ich bin der, den du geleugnet hast. Ich bin der Schöpfer und Vater aller Lebenden und Toten. Ich bin der Feuerkern des Universums. Ich bin die Wahrheit. Ich bin Alpha und Omega. Ich bin das Licht. Ich bin das Leben. Das reinigende Feuer des Lichts geht in reinster Liebe von meinem Sein aus. Das Feuer, das du fürchtest, brennt nur durch den Schrecken des Nichtkennens. Wenn die Menschen, die zu mir gehören, ganz nah herankommen, dann strahlt das Feuer meiner Liebe Licht und Wärme und Trost in ihre Seele hinein, denn sie haben in meinem Herzen ein Zuhause gefunden.“

Ich hielt den Kopf immer noch gesenkt und sah zu Boden, denn ich hatte Angst aufzublicken.

„Jetzt sieh das Feuer meiner Läuterung an“, sagte die gebieterische Stimme, „damit du bereit wirst, heil zu werden. Wer kann den Tag ertragen, wenn der Herr kommt? Ich *werde* Männer haben, die mir Opfer bringen in Gerechtigkeit. Ich bin wie das Feuer des Schmelzers und wie die Lauge des Wäschers. Ich werde sitzen und schmelzen und das Silber reinigen, und ich werde die Söhne Levi läutern und reinigen wie Silber und Gold, dann werden sie dem Herrn Opfer bringen in Gerechtigkeit. Denn siehe, es kommt ein Tag, der brennen soll wie ein Ofen, wenn ich sie läutere. Euch aber, die ihr meinen Namen fürchtet, soll aufgehen die Sonne der Gerechtigkeit und Heil unter ihren Flügeln.“

Plötzlich schoss mir eine Hitzewelle in die Glieder und zwang mich aufzublicken. Die Flammen um den brennenden Baum stiegen mit einem solchen wilden Lodern empor, dass ich weder den Stamm noch die Äste noch die Blätter mehr sehen konnte.

Das Feuer hüllte den Baum ganz und gar ein, und ich erkannte, dass jede Termite, jeder Käfer und jeder Wurm, der sich den Weg ins Innerste des Baumes bohrte, jede Heuschrecke der Zerstörung verbrannt und vollständig vernichtet werden musste, wenn der Baum gerettet werden sollte. Sie waren Parasiten der Sünde, die versuchten, das Leben des Baumes abzutöten. Um sie zu beseitigen, mussten die Flammen bis ins Innere des Stammes gelangen, an die entlegensten Stellen und bis in die Tiefen seiner Wurzeln, um dort alle Parasiten wegzubrennen und das Leben des Baumes zu erhalten.

Der Baum stand ganz und gar in Flammen, aber ich sah, wie in seiner Mitte das Holz rot glühte, jedoch nicht verbrannte. Winzige weiße Punkte flirrten einer nach dem anderen in die Luft empor. Ich wusste, dass jeder dieser Punkte eine Termite, ein Wurm oder eine Heuschrecke war, ein Schädling, der ihn nie wieder plagen würde – ein für alle Mal vernichtet. Nach einer Weile stieg ein weißer Ascheregen aus dem Feuer auf und trieb ins Nichts davon. Die Flammen hatten ihr Werk getan. Das Aion der Plage war vorbei.

Langsam wurden die Flammen kleiner und das Feuer ließ nach. Die rote Glut in dem Holz erstarb von der Mitte her, und an ihre Stelle trat ein neuer Schein, das Schimmern von Gold, frei von Wurmlöchern, ohne Fehler oder Makel, ohne auch nur eine Spur von Schädlingen und Parasiten. Vom Fuß des Stammes aus breitete sich der goldene Schein nach oben und dann auch in die Äste aus und dann weiter in die Blätter und bis an die äußersten Spitzen der Zweige, an denen überall neues Leben spross!

Das Feuer hatte nur die Parasiten vernichtet. Der Baum war lebendiger denn je, in Gold und Grün und mit ewigem Leben geschmückt. Ich erkannte, dass das Feuer notwendig, ja sogar unumgänglich gewesen war. Auf keine andere Art hätten wirklich alle Schädlinge vernichtet werden können. Das Feuer hatte den Baum gerettet.

Ich wusste, dass ich wie der Baum war und dass mein gesamtes Sein von Parasiten zerstört wurde, die sich mein Leben lang tief in meine Seele hineingegraben und das Wesen des Ichs zerstört hatten, als das ich geschaffen worden war.

Und genau so war deshalb auch für *meine* Rettung und Läuterung das Feuer unumgänglich. Aber würde ich den Mut haben, es zu ertragen?

Die Hitze ließ nach, und schon bald waren auch die Flammen ganz verschwunden. Ich war wieder allein. Der Baum des Lebens wuchs vor mir – üppig, gesund und lebendig, mit einer verschwenderischen Fülle neuer Triebe.

Ich stand von der Stelle auf, an der ich kniete. Ich hatte gar nicht bemerkt, dass er da war, aber jetzt sah ich, dass sich unter meinen Füßen ein Weg befand. Ich drehte mich um und folgte ihm.

14

Auf dem Hügel des Verrats

Es ging auf einem schmalen Weg einen steinigen Hügel hinauf. Der Gipfel des Sinai und der geläuterte Baum aus Gold verschwanden hinter mir.

Der Weg wurde immer steiler, und ich fand immer schwerer Halt. Ständig stolperte ich und fühlte mich, als trüge ich eine große Last, eine unsichtbare Bürde, die schwer auf meinen Schultern lag – eine Last der Verfehlungen und des Unrechts ... die Last meiner Sünde.

In der Ferne ragte eine große Felskuppe wohl über hundert Meter hoch empor. Je näher ich kam, desto mehr versetzte mich die Form des Felsens in Erstaunen. Es war der grobe Umriss eines gewaltigen menschlichen Schädels mit leeren Augenhöhlen, und etwa in der Mitte des glatten Felsens waren Einbuchtungen, die wie Nasenlöcher aussahen.

Ich hatte jedoch keine Zeit, mir über diesen seltsamen Anblick Gedanken zu machen, denn da kam mir ein Mann entgegen. Er hatte schulterlanges Haar, einen Vollbart und trug eine Art handgewebtes Gewand. Als er mich sah, lächelte er verhalten wie zum Gruß. Ich hatte schon so lange keinen anderen Menschen mehr gesehen, dass mir sein Erscheinen überaus willkommen war.

„Irgendwoher kenne ich dich", sagte ich, als er näher kam. „Ich bin ganz sicher, dass ich dein Gesicht schon einmal irgendwo gesehen habe."

„Du hast mit Sicherheit schon einmal meinen Namen gehört – Ischariot."

Als ich das hörte, erzitterte ich. „Bist du schon so lange hier – zweitausend Jahre! – und hast immer noch nicht die Berge erreicht?", rief ich aus. „Oder bist du einer von denen, die ..."

Ich hielt abrupt inne, als ich merkte, was ich gerade hatte sagen wollen.

„Gräme dich nicht, junger Bruder“, sagte er mit einem Lächeln. „Es ist hier nicht möglich, die Gefühle von jemandem zu verletzen. Darüber sind wir alle längst hinaus. Sogar diejenigen, die noch diesseits der Berge sind, betrachten es nicht mehr als wichtig, was andere über sie denken. Bei manchen ist das freilich aus den falschen Gründen so, aber du wolltest gerade fragen, ob ich einer von denen bin, die dazu verurteilt sind, ohne Hoffnung auf ein Entrinnen ewig in der Hölle zu schmoren, nicht wahr?“

Ich nickte.

„Ich hätte nicht weniger als das verdient“, sagte er. „Aber die Liebe unseres Vaters ist größer als das, was wir eigentlich verdient hätten … oder nicht. Er hat mich *geliebt*, und ich war sein Sohn, was auch immer ich getan hatte. Er hatte mir schon vergeben, bevor ich ihn darum gebeten habe. Um deine Frage zu beantworten: Ich bin schon lange durch den Großen Ofen der Buße und Läuterung hindurchgegangen.“

„Müssen alle durch das Feuer, um die Berge zu erreichen?“

„Das weiß ich nicht“, antwortete er. „Viele geben ihren eigenen Willen auf und werden Söhne und Töchter, so, wie es eigentlich schon gedacht war, als sie noch auf der anderen Seite gelebt haben. Diejenigen, die ihren Willen schon auf der anderen Seite des Portals dem Vater unterstellt haben, brauchen hier nicht die gleiche Art von Erneuerung wie du und ich sie brauchen.“

„Du meinst die Christen?“, fragte ich.

„Nicht unbedingt“, antwortete er und schüttelte den Kopf. „Vergiss nicht, dass ich ein eifernder Gläubiger war. Nein, ich meine damit diejenigen, die ihren eigenen Willen aufgeben, um ganz im Willen des Vaters aufzugehen. Wer es dort im Leben nicht tut – so wie ich –, der muss es dann eben hier lernen. Meine Sünde war schwer. Bei mir war das Feuer nötig. Ich *wollte* das Feuer. Es gibt aber auch andere, die schon seit Aionen hier sind und noch nicht das Feuer zu spüren bekommen haben, weil sie sich immer noch dagegen wehren."

„Aber du bist jetzt hier?"

„Ich bin aus den Bergen gekommen, um dir das mitzuteilen, was nur ich allein erklären kann – dass wir nämlich alle auf unterschiedliche Weise Verrat an ihm begehen. Die meisten Arten von Verrat sind nicht so direkt wie meiner, sondern viel raffinierter, sind aber dennoch Verrat. Du hast ihn ja nicht einmal gekannt …"

Als ich nach vorn sah, wusste ich plötzlich, wo ich war und was diese Schädelstätte zu bedeuten hatte „… und trotzdem hast auch du ihn *verraten*", fügte er hinzu.

Mit diesem Wort bohrte sich mir ein heißes Messer in die Brust. Vor Schreck über den unvorstellbar qualvollen Schmerz schrie ich laut auf. Ich fiel auf die Knie und griff mir an die Brust, um das Messer herauszuziehen, aber dort war nichts. Der Schmerz war innerlich, so als ob eine weiß glühende Klinge mein Herz durchbohrte. Eine Zeit lang, die mir wie eine Ewigkeit vorkam, wälzte ich mich auf dem Boden vor Schmerzen. Ich sah in mein Inneres hinein und erkannte, dass mein Verrat an ihm genauso schwer war, als hätte ich ihn persönlich ans Kreuz genagelt.

Ich erinnerte mich an die ersten Augenblicke an diesem Ort, als er mir entgegengekommen war und mir die Hand hingehalten hatte. Ich blickte auf und sah ihn jetzt wieder. In weißes

Licht getaucht kam er den felsigen Weg herunter auf mich zu, als ob er aus dem Schädel hervorgekommen wäre. Auf seinem Gesicht war allerdings kein Lächeln zu erkennen, sondern unter der Dornenkrone, die ihm fest auf den Kopf gedrückt worden war, lief ihm Blut die Stirn und die Wangen hinunter.

Er kam näher und sein Blick bohrte sich in meinen. Wieder streckte er mir seine Hand hin. Es war eine saubere, starke Hand ohne Narben am Handgelenk, und dieses Mal war sie nicht leer. Er reichte mir zwei große Eisennägel und einen schweren Hammer. Ohne Fragen zu stellen nahm ich beides entgegen. Der Hammer war so schwer, dass ich ihn kaum heben konnte.

Dann legte er sich hin.

Zu meinem Entsetzen sah ich, dass er sich auf ein großes hölzernes Kreuz gelegt hatte. Jetzt breitete er seine Arme auf dem Querbalken aus und schloss die Augen. Ich wusste, worauf er wartete.

„Nein!“, schrie ich gellend. „Das kann ich nicht!“

„Du musst“, sagte die Stimme des verachteten Jüngers hinter mir. „Du musst erkennen, was du getan hast.“

„Aber ich kann es nicht tun!“, schrie ich. „Ich möchte rein sein.“

„Um rein zu werden, musst du erkennen, was du bist“, sagte er, und sein Tonfall hatte etwas Endgültiges.

Wie in einem grausigen Traum, in dem ich völlig ohnmächtig und ausgeliefert war, kniete ich mich neben das Kreuz, immer noch unter unsäglichen Schmerzen wegen des unsichtbaren Messers in meiner Brust. Ich spürte, wie ich einen der Nägel auf seinem einen Handgelenk ansetzte, und mir liefen Tränen übers Gesicht, als ich den großen Hammer hob und ihn dann herabsausen ließ, sodass das Blut in alle Richtungen spritzte. Ich zitterte am ganzen Körper, aber er gab keinen Ton von sich. Ich stand auf und stolperte über seine Bauchgegend. Dabei schaute ich ihm ins Gesicht und sah, dass ihm Tränen aus seinen Augen liefen, die sich mit dem Blut von den Wunden der Dornenkrone vermischten. Ich wusste, dass es keine Tränen wegen der körperlichen Schmerzen waren; er weinte nicht seinetwegen, sondern *meinetwegen* … und wegen des Schmerzes, den ich ertragen musste.

Ich kniete mich neben seine zweite Hand, und als dieses Mal der Aufschlag des Hammers in meinen Ohren widerhallte, zerriss ein furchtbarer Schrei die Stille. Es war meine eigene Stimme. Woher die Worte kamen, weiß ich nicht. Sie stiegen aus der tiefsten Tiefe meines Inneren auf, wie aus einer Quelle ewiger Anfänge. Es war die Stimme meiner eigenen Schuldgefühle für das, was ich getan hatte.

„Vater, vergib mir!“, schrie ich. „Ich habe gesündigt gegen den Himmel und gegen dich – ich bin nicht würdig, dein Sohn zu heißen.“

Mit meinem Schrei verschwanden das Kreuz und der Mann, der sich freiwillig darauf gelegt hatte, aber dort, wo es gelegen hatte, war der Boden rot befleckt, und genau dort brach ich zusammen. Ich weinte und weinte und konnte den Tränenstrom nicht wieder anhalten.

Wie lange die Feuerklinge in meinem Herzen stecken blieb, weiß ich nicht, aber ich merkte irgendwann, wie der weiße Stahl nach und nach herausgezogen wurde. Während eine unsichtbare Hand ihn herauszog, spürte ich, wie gleichzeitig mein tiefstes Selbst mit herausgerissen wurde.

Endlich ließ es mich frei. Der Schmerz ließ nach, aber ich war unendlich erschöpft.

Judas kniete neben mir. Er hatte alles mitangesehen, weinte mit mir und bedachte mich mit einem traurigen, aber zärtlichen Lächeln reinster Liebe. „Du beginnst zu *sehen*", sagte er. „Das ist die größte Qual – den eigenen Verrat anzuschauen. Jetzt siehst du, was ich und was wir alle getan haben."

Ich verabscheute, was ich gerade getan hatte, aber mir war auch klar, dass ich genau das im übertragenen Sinne im Grunde schon Tausende Male getan hatte in all den Jahren, in denen ich ihn geleugnet hatte.

„Komm, mein Bruder", sagte der Jünger. „Es gibt noch mehr und andere Aionen auf deinem Weg zur Bereitschaft und weiteres Leid, das du durchstehen musst. Du musst diesen Weg weitergehen."

Ich war nicht in der Lage aufzustehen und weinte so lange, dass es mir wie eine Ewigkeit vorkam. Schließlich sank mein Kopf wie bewusstlos auf den Weg.

Als ich wieder aufwachte, war ich allein. Ich lag in einer großen Blutlache auf dem steinigen Boden unter mir, und ich wusste, dass es sein Blut mit meinem Blut vermischt war. Ich hatte sein Blut vergossen. Obwohl ich das Messer, das tief in mich hineingestoßen worden war, nicht hatte sehen können, war dennoch mein Blut geflossen. Zum ersten Mal wusste ich, dass sein Tod die ganze Zeit auch meinen Tod bedeutet hatte, das Sterben meines Selbst hin zu seinem.

Wieder weinte ich. Ich begriff, dass ein weiteres Aion abgeschlossen war. Ich begann das Ausmaß dessen zu begreifen, was ich getan hatte, und ich wusste, dass dies erst der Anfang war.

Ich hatte Gott selbst verraten. Ich hatte meinen Schöpfer verraten.

„Vergib mir", wiederholte ich noch einmal flüsternd. „Vergib mir, Jesus."

Ich stand auf und befand mich nicht mehr vor der Schädelstätte.

15

Am Meer der geschliffenen Seelen

Die hohen Hügel, durch die ich nach der Durchquerung der Wüste gekommen war, verschwanden hinter mir, und mit ihnen auch der riesige Felsen, die Schädelstätte. Während ich jetzt bergab ging, merkte ich, dass die Luft überraschend feucht war, und Erinnerungen an längst vergangene Kindertage wurden wach. Nach meinem Fußmarsch durch die heiße, trockene Wüste erfrischte mich das feuchte Klima mit einer angenehmen Wehmut. Ich wusste, dass Elefanten und andere Tiere Wasser aus enormer Entfernung wittern können, und genau dieses Gefühl überkam mich jetzt. Ich spürte nicht nur die Feuchtigkeit in der Luft, sondern ihr ferner Duft drang mir in Nase und Lunge mit dem Gefühl einer Erinnerung und auch der fernen Hoffnung auf künftiges Leben.

Während ich meinen Weg fortsetzte, veränderte sich die Gegend nach und nach. Im Gehen spürte ich, wie eine frische Brise einsetzte, und die Luft roch salzig. Mir fiel auf, dass das Gestrüpp, welches zu meinen Füßen wuchs, immer rauer und härter wurde, so wie Strandhafer. Hin und wieder stand auf dem zunehmend sandigen Boden ein Baum, knorrig und vom Wind zerzaust – überwiegend Zypressen und Wachholder, tief geneigt entgegen der Richtung, aus der der Wind kam. Ich war deshalb auch nicht weiter überrascht, als ich ein, zwei Stunden später – um es einmal so zu formulieren, als wäre Zeit an diesem Ort der Zeitlosigkeit überhaupt relevant – den Kamm einer ziemlich hohen Düne erreichte und vor mir eine riesige blaue Wasserfläche sah.

Die Temperatur war jetzt um mindestens sechs, sieben Grad gesunken, aber nach der Wüste fühlte sich das wunderbar an. Von der Wasseroberfläche her wehte mir eine stetige Brise ins Gesicht, die das unverwechselbare Aroma salziger Gischt mitbrachte. Sachte heranrollende Wellen brachen sich leise plätschernd auf den breiten Sandstrand, der sich rechts und links von mir an der Wasserlinie entlangzog. Ich war an einem Ozean angekommen, der sich bis zum Horizont erstreckte.

Wie berauscht rannte ich die Düne hinunter zum Wasser. Was für ein Genuss das Kribbeln des warmen, trockenen Sandes unter meinen nackten Füßen war! Ich konnte mich vor Freude kaum halten. Als ich den schweren nassen Sand direkt an der Wasserkante erreichte, konnte ich nicht anders; ich rannte immer wieder in die schaumgekrönten Wellen hinein und dann wieder heraus. Ich war wieder ein Kind, das am Meer spielte!

Der weiße Sandstrand schien endlos. Einen so erlesenen Strand hätte ich mir nie vorstellen können! Der Sand war nicht einfach nur Sand, sondern es war *reiner* Sand. Das war der *perfekte* Sandstrand, von dem alle anderen Strände nur ein müder Abglanz waren.

Vielleicht war ich am Rande des Himmels angekommen! Wie ich mich fühlte, als ich so herumtollte … es *war* der Himmel!

Die Luft und der Sand und der Wind und das Geräusch der sich sanft brechenden Wellen, die prachtvolle Farbe des Meeres und des Himmels erfüllten mich mit einem kaum fassbaren Glück. Was konnte das Wesen der Freude, des Optimismus, der Hoffnung und der Energie der Kindheit besser verkörpern als ein perfekter Strand an einem perfekten Sommertag?

Lachend und ausgelassen rannte ich und rannte, ohne müde zu werden. Ich hätte ewig so weiterrennen können.

Dann sah ich in der Ferne vor mir an der Wasserlinie eine Frau auf dem festen nassen Sandstreifen gehen. Sie bewegte sich, wenn auch langsam, von mir weg und trug ein Kleid, das so türkisfarben war wie das Meer. Sie ging barfuß und trug einen Korb in der Hand. Offenbar wartete sie nicht auf mich, ja offenbar rechnete sie nicht einmal mit mir. Immer wieder blieb sie stehen, bückte sich, hob anscheinend etwas vom Boden auf, legte es in ihren Korb und ging dann weiter.

Außer Lelia hatte keiner der Menschen, die ich bisher hier getroffen hatte, auch nur das geringste Anzeichen von Alter gezeigt. Sowohl in ihrer Haltung als auch im Aussehen waren hier alle irgendwie alterslos, wenn auch auf jüngere oder ältere Weise. Von der Stelle aus, von der ich sie jetzt sah, stellte ich jedoch fest, dass diese Frau anders war. Ihr Haar, das in der Brise wehte, war überwiegend grau, aber es war auch noch so viel Schwarz dabei, dass ich sie auf ungefähr sechzig Jahre schätzte. Dass mir so ein Gedanke überhaupt kam, zeigte, wie sehr sie sich von den anderen unterschied. Ich fragte mich, ob sie vielleicht noch nicht ganz *hier* war, wenn auch auf andere Weise als bei mir in meinen ersten Stunden auf dieser Seite des Portals. Ich kann nicht genau erklären, was ich meinte – ob sie auf der anderen Seite noch am Leben war und für meine Augen lediglich ein Fantasiegebilde oder eine Vision … oder ob sie irgendwie auf Probe hier war. Ich wusste nur einfach, dass sie etwas seltsam Andersartiges an sich hatte, das nicht so richtig zu diesem Ort zu gehören schien, und dass sie anders war, als es meine anderen Begleiter gewesen waren.

Während ich hinter ihr herging, verlangsamte ich meine Schritte, aber irgendwann hatte ich sie eingeholt und ging in ihrem Tempo neben ihr her.

Sie schaute zu mir hin und lächelte – es war ein stilles, fast scheues, friedvolles Lächeln. Ob sie mich erwartet hatte oder nicht, sie schien jedenfalls nicht weiter überrascht über mein plötzliches Auftauchen. Aus der Nähe kam sie mir auf jeden Fall ziemlich real vor. Ihre Miene spiegelte reines, wunschloses Glück wider. Ich wusste, dass es für sie keinen Ort gab, an dem sie lieber gewesen wäre als hier. Sie war ganz genau da, wo sie *sein sollte*, wo sie *hingehörte*. In dem Augenblick, in dem mir dieser Gedanke kam, fiel mir aber auch ein, dass sie ja noch auf der falschen Seite der Berge war. Wie konnte sie auf *dieser* Seite … so zufrieden und friedlich und glücklich sein?

„Ja, hier gehöre ich wirklich hin", sagte sie als Antwort auf meine unausgesprochene Frage. Ihre Stimme war genau wie ihre Haltung ruhig und sanft. „Du wirst schon bald erfahren, dass es keine falsche Seite der Berge gibt. Wenn man sich daran gewöhnt hat, dass das Zuhause Gottes ewig ist, dann fließen Ort und Zeit in Harmonie mit seinen Zwecken. Du wirst feststellen, dass man weder das eine noch das andere nach den Maßstäben der Sterblichen definieren kann."

Wieder blieb sie stehen, bückte sich, hob etwas vom Boden auf, untersuchte es und warf es dann in ihren Korb, wo es mit einem Klimpern landete. Sie ging weiter, und ich schlenderte neben ihr her. Die kühle Brise, die vom Wasser herwehte, fühlte sich so gut an. Tief atmete ich die Seeluft ein und hatte das Gefühl, meine Lunge gar nicht genug ausdehnen zu können, um so tief Luft zu holen, wie ich es gern getan hätte. Die Wellen, die zu unserer Rechten an den Strand plätscherten, hatten eine geradezu hypnotisierende Wirkung auf meine Sinne. Wenn ich nicht in Bewegung gewesen wäre, hätte ich ohne Weiteres einschlafen können.

Während wir so gingen, suchte die Frau die ganze Zeit mit ihrem Blick den Boden an der Wasserlinie ab.

„Ich nehme an, du sammelst Muscheln?", sagte ich.

„Oh nein", antwortete sie. „Ich sammle doch nichts so Langweiliges wie die Überreste toter Meerestiere! Nein, ich sammle lebende Seelen."

„*Lebende* Seelen?", fragte ich erstaunt nach.

„Ja – schau", sagte sie, wandte sich zu mir und hielt mir den Korb hin. Ich warf einen Blick hinein und sah auf seinem Boden ein Dutzend oder noch mehr Gegenstände in ganz unterschiedlichen Farben liegen, die ich für Steine hielt. Jeder davon war im Laufe der Zeit von Wasser und Sand ganz glatt geschliffen worden. Manche waren klar, andere matt, aber alle waren sie rund und glatt. Auf den ersten Blick sahen sie aus wie kleine durchsichtige Achate, aber bei näherem Hinschauen stellte sich heraus, dass es nur Glas war. Ich konnte mir absolut nicht erklären, wieso die Frau Glasscherben sammelte.

„Aber das … das sind doch nur Glasstücke", sagte ich.

Sie lächelte, und ihr Ausdruck dabei kam mir irgendwie bekannt vor. Es war dasselbe Lächeln, das mir bereits ein paar Mal begegnet war und das wortlos ausdrückte: „Du Dummerchen! Du musst wirklich noch viel darüber lernen, wie es im Jenseits tatsächlich ist!"

„Siehst du sie mit deinen Augen als das?", fragte sie.

Ich nickte.

„Dabei sind sie viel mehr als das", erwiderte sie. „Aber deine Augen fangen ja auch gerade erst an zu sehen. Es dauert lange, bis man mit Gottes Augen sieht. Nur die, die ein reines Herz haben, können so sehen, wie Gott sieht."

Wieder nickte ich. „Ich lerne hier viel Neues."

„Wie gesagt", erklärte die Frau und schaute hinunter in ihren Korb, „das hier sind lebende Seelen. Manche sind hier, manche sind noch auf der anderen Seite."

Wieder bückte sie sich. Diesmal sah ich ein Stück Glas, ein braunes, das halb mit Sand bedeckt war. Sie hob es auf, untersuchte es, indem sie mit den Fingern darüberstrich, und ließ es dann mit einer kaum wahrnehmbaren Bewegung ihrer Lippen wieder zurück in den Sand fallen.

„Warum hast du denn dieses jetzt nicht behalten?", fragte ich.

„Sie war noch nicht fertig, hatte noch zu viele raue Kanten."

„Ich dachte schon, es läge daran, dass sie vielleicht nicht so hübsch war wie die anderen."

„Oh nein", sagte sie lächelnd. „Ich sammle sie nicht wegen ihrer Farben. Ich mag die braunen sogar besonders gern, und ich glaube, dass viele von ihnen die besten Geschichten zu erzählen haben. Aber es geht nicht um die Farben. Schau …", sagte sie und hielt mir den Korb wieder hin, „die meisten von ihnen sind durchsichtig."

„Ja, jetzt sehe ich es. Das habe ich erst gar nicht bemerkt. Aber warum nennst du sie lebende Seelen?"

„Weil sie alle für Männer und Frauen stehen, deren Leben Brüche und Risse gehabt haben oder sogar zerbrochen waren, aber deren Bruchkanten so lange poliert und geglättet werden durch Gottes Sand und Meer, bis sie bereit sind für die Hand des Meisters."

„Sind dann all diese Menschen – die Menschen, für die diese Scherben stehen – noch am Leben … auf der Erde, meine ich?"

Sie lachte. Es war ein wundervoll unschuldiges, glückliches Lachen. „Das weiß ich nicht", antwortete sie. „Es ist mir nicht gegeben, das zu wissen, sondern nur, für sie alle zu beten, dass Gottes Liebe in ihrem Leben wirken kann und dass sie sich vom großen Meer Gottes schleifen lassen, indem das Leiden und der Kummer des Lebens sie glättet und läutert und sie innerlich ruhig macht in den wirbelnden, beunruhigenden, aufwühlenden Gezeiten seiner Absichten und Ziele für sie. Das Leben ist eine großartige Schleiftrommel, und sie werden durchgeschüttelt und geschliffen und stoßen mit anderen Steinen und Umständen zusammen. Irgendwann sind dann alle Kanten glatt geschliffen, poliert und bereit, in das verwandelt zu werden, was er schon die ganze Zeit mit ihnen vorgehabt hat. Dann kommen sie hierher und ihre Verwandlung geht weiter."

„Und was ist es – ich meine das, was er aus ihnen machen will?"

„Edelsteine natürlich!", lachte sie, als wäre meine Frage völlig absurd. „Was glaubst du denn, was er sonst aus uns machen will? Diese hier kommen dir und mir vielleicht nur wie Glasscherben vor, aber in seiner Hand werden daraus unschätzbar wertvolle Diamanten und Rubine und Smaragde und Amethyste und viele andere Edelsteine, die wir uns nicht einmal vorstellen können. Ich sammle sie für ihn, und er vollendet dann ihre Wiederherstellung, indem er ihnen ewiges Leben einhaucht. Dann funkeln sie schöner als jeder Brillant auf der Erde und werden zum Blickfang der Krone, die er ihnen zugedacht hat!" Ihre Augen leuchteten, während sie sprach.

„Und was ist mit dem Glasstück, das du gerade wieder zurückgeworfen hast?"

„Wie schon gesagt, es war noch nicht so weit. Manche glauben vielleicht, dass sie schon fertig sind, aber dann gibt es doch noch irgendwo einen gezackten Rand, der geglättet werden muss. Es muss also noch einmal für eine Weile zurück in die Schleiftrommel des Lebensmeers. Aber nichts macht mir so große Freude, wie die zu finden, die so weit sind, dass sie in Gottes lebendige Edelsteine verwandelt werden können."

„Es muss dich doch unglaublich traurig machen, wenn du eines zurückwerfen musst."

„Ach, eigentlich gar nicht so sehr, denn sie sind dann später, wenn sie wirklich bereit sind, so viel glücklicher und sehr viel besser dran."

„Du redest ja, als ob die Glasscherben Gefühle hätten."

Sie lachte fröhlich. „Wirklich? Nun ja … vielleicht ist das ja auch so."

Als wir weitergingen, half ich ihr beim Absuchen des Strandes. Ich rannte ein kleines Stück voraus und schaute mir die nassen Stellen im Sand genau an, wenn sich gerade eine Welle wieder zurückgezogen hatte, bis mir ein rotes Glitzern auffiel. Aufgeregt bückte ich mich, sammelte ein kleines, unregelmäßig geformtes Stück Glas auf und untersuchte es. Es schien *fast* glatt. Ich rannte zurück, zeigte es meiner neuen Freundin, die es entgegennahm, eine Weile nur festhielt und dann mit den Fingern darüberfuhr. Sie lächelte traurig – ich wusste, dass der Grund dafür *meine* Enttäuschung war und nicht das Glasstück, das ich aufgesammelt hatte –, und dann schüttelte sie den Kopf.

„Aber es ist fast fertig, nicht wahr?", fragte ich.

„Vielleicht. Das kann ich nicht immer so genau sagen. Ich sammle nur die ein, die wirklich fertig sind. Eines mitzunehmen, bevor es so weit ist, würde bedeuten, in die Geschichte dieses Menschen einzugreifen. Niemals dürfen wir uns einmischen bei dem, was der Vater im Leben von jemandem erreichen will. Es gehört allerdings auch zu den schwierigsten Lektionen, mitansehen zu müssen, welche Lasten und welchen

Kummer andere auf ihrem Weg der Zerbrochenheit mit sich herumschleppen müssen."

Immer noch das rote Stück Glas in der Hand, schloss sie kurz die Augen und bewegte erneut kaum wahrnehmbar die Lippen. Nach einem kurzen Augenblick machte sie die Augen wieder auf, lächelte und gab mir das Glasstück zurück.

„Hast du … für diese Person *gebetet*?", fragte ich.

„Natürlich. Das ist meine Aufgabe hier. Jetzt nimm die Glasscherbe wieder an dich und bring sie wieder genau dorthin zurück, wo du sie gefunden hast. Wirf sie nicht ins Wasser, sondern leg sie wieder dort hin, wo sie lag. Wir dürfen das, was vielleicht im Leben dieses lieben Menschen gerade im Gange ist, nicht stören. Fürbitte und Eingreifen sind zwei Seiten derselben Medaille, die sehr genau unterschieden werden müssen."

Ich tat, was mir die Frau gesagt hatte und empfand beinahe so etwas wie Ehrfurcht, als ich das rote Glasstück behutsam wieder in den Sand gleiten ließ, und zwar so genau wie möglich an der Stelle, wo ich es gefunden hatte. Und plötzlich war es so viel mehr als ein rotes Stück Glas. Es war, genau wie sie gesagt hatte, eine *lebende* Seele.

Als ich wieder zu der Frau zurückkam, kniete sie im Sand. Ich hockte mich neben sie und sah, was sie betrachtete.

„Wie winzig sie ist!", sagte ich. „Ein Wunder, dass du sie überhaupt bemerkt hast."

„Ich habe einfach viel Übung darin", erklärte sie und hob das kleine farbige Glasstückchen mit Daumen und Zeigefinger aus dem Sand auf.

„War das ein kleines Kind?", fragte ich.

„Nein", antwortete sie, stand auf und stieß einen tiefen Seufzer aus. „Das war jemand, der sich den größten Teil seines

Lebens gegen seine Entwicklung durch den Vater gewehrt hat und ständig wieder Situationen ausgesetzt werden musste, in denen er geschliffen wurde, um Kind zu werden. Es sind so viele Kanten abgeschliffen worden, dass jetzt nicht viel mehr von ihm übrig ist als der Kern seiner Seele. Aber sieh doch nur, wie schön er geworden ist! Endlich ist er bereit."

Wieder lächelte sie und ließ das kleine purpurfarbene Glasstückchen zu den anderen in den Korb fallen, die sie bereits gesammelt hatte. Wieder hörte ich dieses leise Klimpern, das klang wie ein ferner Akkord von Harfentönen. Ein Schauer durchfuhr mich, und ich drehte mich abrupt zu dem Geräusch hin. Aus der Ferne, dort, wo ich zuletzt die Berge gesehen hatte, war in der Stille der Hauch eines Echos dieses zarten Akkords zu hören. Und ich wusste, dass die Musik, die ich aus dem Korb der Frau gehört hatte, in Wirklichkeit das Echo der Berge gewesen war, die ein Lied angestimmt hatten.

„Hast du das gehört?", rief ich.

Auf dem Gesicht der Frau lag jetzt ein unvorstellbar schönes Lächeln. „Natürlich", sagte sie leise. „Das ist der Klang des Gesangs und der Harfen der Engel, die sich über dieses Lamm freuen, das soeben nach Hause gekommen ist."

„Ist … ist dieser Mensch gerade eben gestorben?", fragte ich.

„Das kann ich nicht sagen. Die Engel freuen sich nicht weniger über viele stille Siege auf der Erde, als darüber, diejenigen zu begrüßen, die in den Bergen ankommen. Es gibt viele unterschiedliche Arten von Heimkehr. Der Vater zieht seine Lieben hier wie dort zu sich an sein Herz."

„Wie lange machst du das hier schon?", fragte ich.

„Ach, schon sehr lange. Und ich kann davon gar nicht genug bekommen. Ich habe immer schon das Meer geliebt und alles, was damit zu tun hat. Aber als ich anfing, die Glasseelen als wunderschöne Geschöpfe aus der Hand Gottes zu betrachten, als unvollendete, zerbrochene Männer und Frauen, die geschliffen und vollendet werden, da habe ich angefangen, für jeden zu beten."

„Und was betest du für sie?"

„Dass die gezackten und unfertigen Kanten glatt und vollkommen werden und dass es ihnen an nichts fehlt."

In nachdenklichem Schweigen gingen wir wieder ein Stück nebeneinander her.

„Als ich anfing, die Glasscherben als das zu sehen, was sie waren", fügte die Frau nach einer Weile hinzu, „da wusste ich, dass der Vater mir einen Blick dafür geschenkt hat, seine Absichten für mein eigenes Leben und auch für das Leben anderer zu erkennen, und dass ich diese Absichten unterstützen kann, indem ich jede lebende Seele, der ich begegne, zum Herzen des Vaters emporhebe."

„Dann gehe ich davon aus, dass du Christin warst ... oder", fügte ich hinzu, als mir plötzlich ein Gedanke kam, „oder *bist* du Christin? Bist du ... noch am Leben ... dort, ich meine ... oder bist du auch schon tot?"

„*Hier ... dort ... am Leben ... tot*", sagte sie, langsam meine Worte wiederholend, wobei wieder der Hauch eines Lächelns ihren Mund umspielte. „Hast du immer noch nicht gelernt, dass sich alle Bedeutungen hier ändern? Ich bin, wo ich bin. Ich bin dort, wo er mich hinstellt, und tue das, was er mir aufträgt."

Wir gingen weiter, und ich warf noch einmal einen Blick in ihren Korb. Jetzt bemerkte ich zum ersten Mal, wie die Blautöne ihres Kleides die Schattierungen und Farbtöne vieler der

Steine widerspiegelten, die sie gesammelt hatte. Irgendwie war diese Frau *selbst* ein lebendiger aquamarinfarbener Stein, dessen Kanten abgeschliffen worden waren, bis auch sie *bereit* war.

Und mit dieser Erkenntnis war ich dann wieder allein.

16

Die Stadt der Schulden

Meine Schritte führten mich weg vom Meer, eine steile Düne zu meiner Linken hinauf, darüber hinweg und dann auf ein Hochplateau, das mit Gras bewachsen war. Als ich mich nach ein paar Minuten Weg noch einmal umdrehte und zurückschaute, war das Meer verschwunden.

Ich ging weiter, und nach und nach veränderten sich die Gegend, die Luft und die Art der Gräser. Der Wind legte sich, und dann war alles verschwunden. Die Luft wurde schwül, und in der Ferne sah ich einen gewaltigen Baum stehen. Ich glaube, es war ein Ahorn. Je näher ich kam, desto größer kam er mir vor, und mit seinen ausladenden Ästen schien er noch breiter als hoch. Dieser Baum stand weder in Flammen noch glänzte er golden. Als ich unter dem äußeren Schatten der großen belaubten Äste ankam, erschrak ich ein wenig, als ich dort einen kleinen, fast kahlköpfigen, mit einer Tunika bekleideten Mann antraf, der irgendwo von weit oben aus dem Laub des Baumes heruntergeklettert kam und direkt vor mir auf dem Boden landete.

„Woher kommst du denn?", fragte ich erstaunt.

„Na, von da oben", antwortete er und deutete nach oben in den Baum. „Ich habe nach dir Ausschau gehalten, denn ich habe dir eine wichtige Nachricht zu überbringen."

Gespannt wartete ich ab.

„Du bist an einer der wichtigsten Kreuzungen deines Weges angekommen", fuhr er fort. „Du hast jetzt wirklich *gesehen*. Du hast in dein eigenes Inneres geblickt. Du hast deinen Verrat angeschaut. Du hast angefangen, die Wahrheit darüber zu erkennen, wer du warst, wer du bist, und wer du werden musst. Du hast begonnen, dich selbst zu verabscheuen, und jetzt ist es Zeit, mit der Wiedergutmachung anzufangen."

„*Wiedergutmachung*?“, wiederholte ich. „Ich weiß nicht so recht, ob ich verstehe, was du meinst.“

„Es reicht nicht aus, einfach nur zu bereuen. Es gibt Dinge, die wieder in Ordnung gebracht werden müssen. Es muss die Verantwortung übernommen werden – für das, was wir getan haben, und besonders auch dafür, was wir aus uns haben werden lassen. Es muss die Verantwortung für den eigenen *Charakter* übernommen werden. Es muss Schuld bezahlt werden.“

„Welche Schuld?“

„Die Schuld, die durch unsere Sünden entstanden ist. Jede Sünde hat Konsequenzen, aber in der Welt, aus der du kommst, herrscht eine Kultur, in der alles geduldet wird. Für nichts von dem, was man getan hat, muss man die ganz natürlichen Konsequenzen tragen. Sünde wird dort entschuldigt, aber hier muss *alles* in Ordnung gebracht und wiedergutgemacht werden – auch die kleinsten Sünden. Wir müssen uns den besagten Konsequenzen stellen, Buße dafür tun und die Sache wieder in Ordnung bringen. Die Art, wie man seine Schulden begleicht, kann ganz unterschiedlich aussehen. Unsere Schulden sind Schulden gegenüber der Kindschaft, bei der Schöpfung selbst, bei anderen und bei uns selbst. Wir müssen vergeben und um Vergebung bitten. Die Schuld zu bezahlen, heißt Kind zu werden.“

„Aber wie soll denn das gehen? Wie soll ich die Vergehen, die ich begangen habe, jetzt noch wiedergutmachen?“, fragte ich. „Wie soll ich Kind werden, wenn ich doch hier bin und mein Leben schon vorbei ist?“

„Dein Leben hat doch gerade erst begonnen! Das Leben ist Kindschaft. Man tritt in dieses Leben ein, indem man seine Schulden bezahlt, und zwar bis auf den letzten Heller. Ich zum

Beispiel habe in meinem Leben viele betrogen. Ich musste sie also alle suchen, und ich habe jedem viermal so viel zurückgezahlt, wie ich mir ergaunert hatte. Das hat Jahre gedauert."

„Und wie soll ich in der Zeit zurückgehen und all das wieder in Ordnung bringen, was ich angerichtet habe?"

„Das ist in diesem Land das einfachste aller Wunder. Bei dem, was die Buße betrifft, spielt die Zeit keine Rolle, denn hier verläuft Zeit in beide Richtungen. Wenn du Buße tun *willst* bei denen, an denen du gesündigt hast, dann bekommst du auch die Mittel dazu. Deine Buße wird sowohl vorwärts als auch rückwärts wirken. Schwierig ist das nur für diejenigen, die sich dagegen wehren. Wenn der Schmerz über das, was man getan hat, unerträglich wird, und man glaubt, dass man entweder Buße tun muss oder aber sterben, dann beginnt man wirklich zu leben."

„Hier spricht anscheinend jeder in Paradoxien", sagte ich.

Er lächelte. „Am besten drückt es der Schotte aus, obwohl auch er Paradoxien mag."

„Was sagte er denn?"

„Dass diese Verpflichtung zwingend ist. Sie muss getan werden. Das ist das ewige Gesetz der Dinge. Sie aufzuschieben ist nutzlos. Zwinge Gott nicht dazu, dich zu zwingen."

„Das klingt ja furchtbar."

„Er sagt, dass für jemanden, der nicht wahrhaftig ist, Zwang eine furchtbare Drohung ist. Für so jemanden ist auch das Feuer das Allerschlimmste und der größte Schrecken. Aber der Mensch, der wahrhaftig ist, sehnt sich von ganzem Herzen danach, seine Schuld bis auf den letzten Heller zurückzuzahlen. Er freut sich über Gottes Entschlossenheit, dafür zu sorgen, dass seine Kinder rein sind. Er freut sich über Gottes Entschlossenheit, dafür zu sorgen, dass seine Kinder am Ende selbst zu dem Entschluss kommen, auf ewig nicht mehr tun zu wollen, was Gott selbst nicht tun würde – und das auch so praktizieren."

Damit verstummte er.

„Und was soll ich dann jetzt tun?", fragte ich.

„Die Art, wie jeweils Wiedergutmachung geleistet werden soll, wird dir gezeigt werden", antwortete er.

Ich sah, dass wir uns einer großen Stadt näherten. „Ist das eine dieser Städte, wo jeder seinem Nachbarn aus dem Weg geht und die Häuser immer weiter auseinander stehen?", fragte ich.

„Nein, diese Stadt ist anders", sagte mein kleiner Weggefährte. „Das ist die Stadt der Schulden. *Deiner* Schulden. Jeder Einwohner dieser Stadt ist jemand, dem du Buße schuldest."

„Aber die Stadt ist ja riesig!", rief ich bestürzt aus. „Wie soll ich denn jemals…?" Mir fehlten einfach die Worte.

„Du hast die ganze Ewigkeit Zeit, um zu tun, was getan werden muss", sagte er. „Das ist das nächste Aion, das für dich festgelegt worden ist. Diese Stadt wird letztlich dein Gefängnis oder deine Befreiung werden. Das Wort des Meisters muss erfüllt werden. Ob du dort wieder herauskommst und bereit bist für das nächste Aion deines Weges, oder ob dieser Ort dein ewiges Gefängnis der Selbstverdammung und deine persönliche Hölle wird, kannst nur du allein entscheiden. Eines steht jedoch fest: Du kannst die Stadt erst wieder verlassen, wenn du deine Schulden bis auf den letzten Heller bezahlt hast. Du hast Buße getan und um *seine* Vergebung gebeten. Jetzt musst du Buße tun und diejenigen um Vergebung bitten, an denen du schuldig geworden bist. Ich muss dich jetzt verlassen. Dein Ziel liegt direkt vor dir."

Und damit machte er kehrt und ging davon. Ich setzte meinen Weg in die Stadt hinein fort, in der es modern, laut und geschäftig zuging – scheinbar ein Ort des 21. Jahrhunderts mit Menschen, die von überallher kamen und überallhin gingen. Als ich durch die Vororte weiter in die Stadt kam und dann irgendwann zwischen hohen Gebäuden auf der Hauptstraße entlangging, merkte ich, dass alle Menschen mich ansahen.

Ein Mann kam zügigen Schrittes auf dem Gehweg auf mich zu. Er trug einen Anzug und hatte einen Aktenkoffer in der Hand.

„Entschuldigen Sie bitte", sagte ich und hielt ihn an. „Kennen Sie mich?"

„Ja, natürlich", antwortete er. „Jeder kennt dich. Wir sind doch alle extra gerade jetzt hier, weil du kommst."

„Dann nehme ich an, dass ich Ihnen auch etwas schuldig bin? Was habe ich Ihnen getan?"

„Du erkennst mich also nicht?"

„Nein, tut mir leid."

„Ich habe einmal an einer Diskussion mit dir teilgenommen – einer Podiumsdiskussion von der Art, wie sie dir immer so besonders gut gefallen haben. Ich war dabei der Alibi-Christ, der als Kontrapunkt zu deinen Ansichten eingeladen war. Es hat dir ungeheuren Spaß gemacht, mich zu zerpflücken. Als ignoranten Dummkopf hast du mich damals bezeichnet. Du hast zwar nicht exakt diese Worte verwendet, aber gedacht hast du sie und du hast mich das auch deutlich spüren lassen."

Mir kamen die Tränen, und ich schüttelte den Kopf aus tiefem Kummer darüber, jemandem gegenüberzustehen, den ich, genau wie den Redner damals auf dem Campus, mit meiner Gefühllosigkeit und Kaltschnäuzigkeit verletzt hatte. Dieser

Mann war ein Mitmensch, ein guter, ehrlicher und aufrichtiger Mann. Ich hatte ihn *bewusst* und mit voller Absicht verletzt. In meiner Überheblichkeit hatte ich mich für absolut überlegen gehalten, und dabei war er in Wirklichkeit ein sehr viel besserer Mensch als ich. Das war ganz deutlich an seinem Blick zu erkennen, der Liebe und Vergebung ausdrückte.

„Es tut mir so leid!", sagte ich unter Tränen. „Es war falsch. Ich war herzlos und es war gemein von mir, dich so zu behandeln. Kannst du mir vergeben? Ich *bitte* dich um Vergebung."

„Ich habe dir schon längst vergeben", sagte der Mann lächelnd. „Ich trage dir nichts nach. Für *dich* tut es mir leid. Ich wusste, dass du dafür irgendwann würdest Buße tun müssen. Ich wusste, dass der Tag kommen würde, an dem du wegen deiner so augenscheinlichen Voreingenommenheit zu leiden haben würdest. In Wirklichkeit hast du dir selbst mehr geschadet als mir. Der Herr hat diesen Zwischenfall genutzt, um meine Bereitschaft zur Vergebung zu stärken, und ich konnte ihm dafür danken. Ich habe dir schon längst vergeben, und ich habe seit damals jeden Tag für dich gebetet. Jetzt kannst du dir auch selbst vergeben."

Er breitete die Arme aus, ich ging auf ihn zu, und er umarmte mich. Ich legte meinen Kopf an seine Brust und weinte bittere Tränen der Reue, und während ich so weinte, wurden sie zu reinigenden Tränen. Ich wusste, dass der Mann mir vergeben hatte.

Ich löste mich wieder von ihm, er lächelte noch einmal und verschwand dann. Ich hatte dabei zwar das Gefühl, dass er noch nicht gestorben und mit mir im Jenseits war, aber ich wusste, dass die Begegnung mit ihm real gewesen war. Hier hatten Umkehr und Vergebung stattgefunden, die auch in seinem Leben ganz real und spürbar sein würden. Ich ging weiter die Straße entlang und wusste, dass jetzt einer von meinen Tausenden, vielleicht Millionen von Sünden-Hellern abbezahlt war.

Die nächste Person, die mir über den Weg lief, war ein alter Mann. Er kam direkt auf mich zu, denn er wusste, weshalb ich dort war, und er kam auch ohne Umschweife zur Sache. Ich bemerkte Zorn in seiner Miene.

„Meine Tochter hat dein Buch gelesen und war völlig fasziniert davon", sagte er. „Ich war Christ, verstehst du, von Beruf Pastor. Meine Frau und ich hatten unsere Tochter im Glauben erzogen, aber durch dein Buch hat sie sich von alledem abgewandt und nie wieder mit uns gesprochen. Ich bin gestorben, ohne sie jemals wiedergesehen zu haben. Und jetzt bringt sie ihren Kindern, also meinen Enkeln, deine Lügen bei. Meine Frau ist noch am Leben, aber sie darf ihre Enkelkinder nicht sehen."

Ich war absolut entsetzt über das, was ich da hörte. „Es tut mir wirklich leid", sagte ich. „Ich habe mich furchtbar geirrt. Ich weiß inzwischen, dass mein Buch voller Lügen war und ich dadurch viele Leser getäuscht und in die Irre geführt habe. Mir bleibt jetzt nichts anderes mehr, als dich um Vergebung zu bitten."

„Dazu ist es jetzt zu spät", antwortete er zornig. „Der Schaden ist ja angerichtet. Wenn du die Sache in Ordnung bringen willst, dann geh zu meiner Frau und meiner Tochter und zu meinen Enkeln und entschuldige dich bei denen."

Mit diesen Worten drehte er sich um und ging davon. Ich stand nur völlig perplex da und sah ihm hinterher. Auf der Straße fiel ich auf die Knie und weinte über das Leid, das ich dem Mann und seiner Familie zugefügt hatte.

Und noch während ich weinte, erkannte ich eine große

Wahrheit – dass nämlich meine eigene Umkehr und das Bezahlen meiner Schuld nicht von *jemand anderem* abhängig war, ja nicht einmal davon, ob meine Bemühungen von den Betroffenen angenommen wurden. *Ich* musste umkehren, und zwar egal, ob der Mann mir vergab oder nicht.

Ich verstand seine Reaktion auf meine Entschuldigung nicht. Bisher war ich hier noch nie auf Zorn gestoßen, aber mir war ja gesagt worden, dass hier alle auf ihrem ganz eigenen, persönlichen Pilgerweg waren. Die Geschichte des Mannes war eine andere als meine. Ich war für das verantwortlich, was *ich* getan hatte, und nur dafür – nicht für seine Reaktion. Vielleicht war diese Begegnung ein Teil seines Pilgerweges, und zwar auf eine Weise und in einem Zusammenhang, die ich gar nicht verstehen konnte.

Und dann tat ich etwas, das ich zu meinen Lebzeiten nie getan hatte: Ich merkte, wie Worte einfach aus mir hervorkamen, und mir wurde bewusst, dass ich zum ersten Mal für andere Menschen betete.

„Gott", sagte ich, „bitte gib mir die Chance, der Frau dieses Mannes, ihrer Tochter und auch ihren Enkeln gegenüber Buße zu tun. Mach diese Familie wieder heil und bring sie wieder zusammen. Bitte dringe mit deiner Wahrheit zum Herzen der Tochter vor, die ihr von ihren Eltern so treu und gewissenhaft vermittelt worden ist. Erinnere sie an die Wahrheit, von der sie als Kind und Jugendliche erfahren hat. Schenke ihr die Erkenntnis, dass ich unrecht hatte. Versöhne sie und ihre Kinder wieder mit ihrer Mutter und mit der Wahrheit. Es tut mir unendlich leid, Gott, dass ich Menschen das Gegenteil von deiner Wahrheit vermittelt habe. Vergib mir bitte diese schwere Sünde."

Schon in dem Augenblick, als ich das gesagt hatte, hörte ich die Worte, wie eine Antwort von Jesus selbst auf mein Gebet, auch wenn ich nicht weiß, ob sie tatsächlich zu hören waren: *„Alles ist möglich dem, der glaubt.“*

„Ich glaube!“, rief ich. „Hilf meinem Unglauben!“

Da sah ich ein paar Leute auf mich zukommen – eine Frau und drei Kinder. Es waren die Tochter des Mannes und seine drei Enkel. Irgendwie wusste ich, dass sie mir als Antwort auf mein Gebet geschickt worden waren, dass die Frau gerade träumte und ich in ihren Traum hineingeführt worden war. Ich rannte zu ihr hin, und sie erkannte mich auch sofort. Ein Lächeln ging über ihr Gesicht und sie begann mich mit Lob zu überschütten, so wie ich es bei dem Naturwissenschaftler getan hatte, und jetzt verstand ich, warum er so entrüstet darauf reagiert hatte.

„Nein, nein“, unterbrach ich sie. „Bitte sagen Sie doch so etwas nicht. Es war alles Lüge. Ich bin jetzt tot und kenne die Wahrheit. Ich habe mich furchtbar geirrt. Vergeben Sie mir, dass ich Sie so getäuscht habe. Ihre Kinder müssen die Wahrheit über Gott erfahren, die Ihre Eltern Ihnen damals vermittelt haben. Es tut mir unsagbar leid, dass ich Sie in die Irre geführt habe. Ich bitte Sie inständig, lösen Sie sich von meiner Lehre und auch von dem Buch. Sagen Sie so vielen Menschen wie möglich, dass alles, was ich geschrieben habe, eine Lüge ist, und versöhnen Sie sich mit Ihrer Mutter.“

Sie sah mich irritiert an, und an ihrer Miene war abzulesen, dass sie zu begreifen begann. „Wollen Sie damit etwa sagen, dass das alles gar nicht stimmt?“, fragte sie langsam, „alles, was Sie geschrieben haben? Versuchen Sie gerade, mir weiszumachen, dass es Gott doch gibt, und dass der christliche Glaube tatsächlich die Wahrheit ist?“

„Ja, genau das will ich sagen", antwortete ich aufgeregt. Dann wandte ich mich an die drei Kinder und sagte: „Auch bei euch möchte ich mich entschuldigen. Ich weiß, dass ihr mich gar nicht kennt, aber ich habe eurer ganzen Familie großes Unrecht zugefügt. Wenn ihr das schon versteht, und wenn ihr es könnt, dann bitte ich euch, mir zu vergeben. Und jetzt geht zu eurer Großmutter, ihr und eure Mutter, und werdet wieder eine richtige Familie."

Da verblasste ihr Bild auch schon wieder vor meinen Augen, und das Letzte, was ich sah, war der Gesichtsausdruck der Mutter – wie ihr langsam die Wahrheit dämmerte und ihr ein fast abwesendes Lächeln übers Gesicht huschte. In meinem schwachen Unglauben glaubte ich wirklich, dass mein Gebet erhört worden war. Und ich wusste, dass ich dem Großvater der Kinder noch einmal begegnen würde, bevor mein Pilgerweg von hier aus weiterging.

17

Heilung der Vergangenheit

Als ich von den Vieren wegging, durchflutete mich ein seltsames Gefühl von Wärme, das zufriedene Wissen, etwas Gutes zustande gebracht zu haben, und vor meinem inneren Auge tauchte eine Begebenheit aus der Vergangenheit wieder auf. Wir waren damals Teenager gewesen, mein bester Freund Danny und ich. Wir waren auf unseren Skateboards unterwegs und machten bei einem kleinen Laden Halt, um uns Süßigkeiten zu kaufen.

Als wir den Laden betraten, war der Inhaber gerade an der Kasse mit einem anderen Kunden beschäftigt. Ich war immer der Waghalsigere von uns beiden gewesen, und deshalb nahm ich ein Exemplar des *Playboy* aus dem Zeitschriftenregal und blätterte es durch. Dabei klappte ich auch das Nacktfoto in der Mitte auseinander und hielt es dem staunenden Danny vor die Nase. Als ich sah, dass der Mann an der Kasse mit dem Bezahlen fertig war und in unsere Richtung kam, legte ich die Zeitschrift schnell wieder zurück.

Während der Vorfall vor meinem inneren Auge langsam wieder verblasste, wurde mir klar, dass an diesem Tag die Pornosucht meines Freundes begonnen hatte. Seit unserem Schulabschluss hatten wir uns nicht mehr gesehen. Noch während ich schockiert über die Erkenntnis dessen dastand, was ich da angerichtet hatte, sah ich einen Mann auf mich zukommen. Es hätte mich eigentlich nicht weiter zu wundern brauchen. Ich erkannte ihn jedenfalls sofort.

„Danny!“, rief ich. „Mit dir habe ich hier wirklich nicht gerechnet!“

„Warum denn nicht?“, fragte er. „Du wirst hier vielen von deinen Freunden aus der Vergangenheit begegnen, denn wir haben ja alle viele Grausamkeiten gutzumachen, die wir in unserer Jugend begangen haben. Ich bin gekommen, um dich an den Tag zu erinnern, als du dich auf dem Sportplatz über mich lustig gemacht hast, weil ich einen Flugball verfehlt hatte. Was du damals gesagt hast, hat mich unglaublich verletzt, und mein Selbstwertgefühl war schwer erschüttert. Deine Worte haben mich jahrelang verfolgt, weil ich sie einfach nicht wieder aus dem Kopf bekommen habe."

„Es tut mir wirklich leid, Danny! Jetzt erinnere ich mich auch wieder daran. Was ich gesagt habe, war wirklich grausam. Du hast dich angestrengt und alles gegeben, und ich habe mich darüber lustig gemacht. Kannst du mir das jemals vergeben?"

„Natürlich vergebe ich dir. Das hier ist schließlich das Land der Vergebung."

Er wandte sich wieder zum Gehen, und ich wusste, dass ich diesen Augenblick auch einfach verstreichen lassen konnte, ohne den anderen Vorfall noch zu erwähnen, an den ich mich erinnert hatte. Aber dann musste ich wieder an die Worte denken: *Diese Verpflichtung ist zwingend, sie muss getan werden. Sie hinauszuzögern, nützt nichts. Zwinge Gott nicht dazu, dich zu zwingen. Gott ist entschlossen, alle seine Kinder ganz und gar zu reinigen.*

„Danny!", rief ich deshalb hinter ihm her.

Er blieb stehen und drehte sich um.

„Es gibt noch mehr, was ich bereue", sagte ich bekümmert. „Ich habe dir einmal ein Nacktfoto im *Playboy* vor die Nase gehalten. Das war wirklich abscheulich von mir. Es tut mir unendlich leid."

„Daran kann ich mich gar nicht mehr erinnern", antwortete er. „Obwohl ich zugeben muss, dass ich immer ein Problem mit Pornografie gehabt habe."

„Das ist meine Schuld, Danny. Das geht auf mich zurück. Ich werde Gott bitten, dass er nicht dich, sondern mich dafür zur Verantwortung zieht. Bitte vergib mir. Es tut mir wirklich leid."

Wir verabschiedeten uns noch einmal, aber dieses Mal mit einer Umarmung, in der viel gegenseitige Zuneigung und Wertschätzung lag. Obwohl ich seit der Schulzeit keinen Kontakt mehr zu ihm gehabt hatte, wusste ich, dass Danny ebenfalls tot war, und dass unsere Begegnung auch ein Teil seines Pilgerweges zum Sehen und Verstehen war.

Über die nächste Person, der ich begegnete, hätte ich eigentlich gar nicht überrascht zu sein brauchen. Ich hatte sehr oft an sie gedacht, als ich die Wüste durchquert hatte. Mit einer Bestürzung, bei der mir beinah schlecht wurde, hatte ich an meinen Fehltritt gedacht, als der schwache Duft ihres Parfüms aus irgendeiner Blüte in dem Garten aufgestiegen war. Er hatte mit einem grässlichen Ätzgeruch in meiner Nase gebrannt, so ganz anders als die betörende Verlockung, die dieser Duft in meinem früheren Leben für mich dargestellt hatte.

Es war nur eine Affäre von zwei Tagen auf einer Geschäftsreise nach London gewesen. Meine Frau und ich waren seit drei Jahren verheiratet, und zwar glücklich. Ich hatte mich vom Augenblick hinreißen lassen, hatte die Gefahr gar nicht kommen sehen. Ehe ich mich versah, war ich mit der Frau allein auf ihrem Hotelzimmer gewesen und hatte das getan, was wahrscheinlich viele Männer tun, wenn sie so etwas erleben. Ich war schwach geworden.

Die Schuldgefühle danach waren überwältigend, aber nicht so stark, dass sie mich davon abgehalten hätten, mich am nächsten Abend wieder wie die Motte vom Licht zu ihrem Hotelzimmer hingezogen zu fühlen. Danach war es dann vorbei gewesen, und ich hatte sie nie wiedergesehen. Meine Frau hatte es nie erfahren.

Im Laufe der Zeit war es mir beinahe gelungen, mir selbst einzureden, dass die ganze Geschichte ein Produkt meiner Fantasie war. Und genau so wird ja mit dem meisten Unrecht verfahren – es wird zurückgeschoben in den hintersten Winkel des Bewusstseins, und dann wird nicht mehr daran gerührt. Ich tat einfach so, als wäre das Ganze nie passiert.

Und nun stand der Tag meiner Buße bevor. Es würde nicht leicht werden.

Sie kam auf mich zu, und unsere Blicke trafen sich. Ich hatte den Eindruck, dass sie mich schon gesucht hatte. Ich begann zu reden, aber nicht einmal der Umstand, dass wir uns hier befanden, verhinderte diese Peinlichkeit, die manchmal entsteht, wenn zwei Menschen im selben Augenblick etwas sagen wollen.

„Ich möchte mich …“, fing ich an.

„Ich habe gehofft …“, sagte sie im selben Moment.

Wir zögerten beide und lächelten.

Ich nickte ihr zu als Zeichen, dass sie weitersprechen solle.

„Ich habe gehofft, dich hier zu sehen“, fing sie noch einmal an. „Die beiden Tage, die wir zusammen verbracht haben, belasten mich wie eine gewaltige Schuld. Ich habe schon oft vor Gott dafür Buße getan, aber ich habe auch gebetet, dass ich dich irgendwann treffe, damit ich mich persönlich bei dir entschuldigen kann.“

„Genau das wollte ich auch sagen“, schloss ich mich an. „Ich habe dich ausgenutzt, und das tut mir sehr leid. Kannst du mir vergeben?“

„Ja, das kann ich! Aber ich war es, die dich ausgenutzt hat. Ich wusste genau, was ich tat, als ich dich nach den Meetings noch auf mein Zimmer eingeladen habe."

„Darf ich dich etwas fragen?", sagte ich.

„Ja, natürlich."

„Bist du … vielleicht klingt das jetzt komisch, aber …bist du tot?"

„Ja. Du denn nicht? Ich bin am 11. September 2001 umgekommen. Ich war von London nach New York versetzt worden und arbeitete zu dem Zeitpunkt schon seit ein paar Jahren im *World Trade Center*. Bist du denn nicht tot?"

„Doch, ich bin auch tot. Ich glaube, ich bin an einem Herzinfarkt gestorben, aber ganz genau weiß ich es nicht. Ich bin hier aber schon mehreren Leuten begegnet, denen ich Buße schuldig war, die aber noch am Leben sind. Es ist alles noch ein bisschen verwirrend hier, denn ich bin gerade erst in meiner Stadt der Schulden angekommen. Du bist erst die fünfte oder sechste Person, die ich treffe."

„Das hier ist deine Stadt der Schulden?", fragte sie.

Ich nickte.

„Meine auch. Das ist ja ungewöhnlich. Aber wahrscheinlich begegnen wir hier beide ganz unterschiedlichen Menschen."

„Wie lange bist du denn schon hier?", fragte ich.

„Schon seit Jahren! Vielleicht sogar seit Jahrhunderten. Ich habe dich in dieser Zeit nie getroffen, aber ich wusste, dass ich dir irgendwann begegnen musste."

„Tatsache ist", sagte ich, „dass wir beide Unrecht getan haben. Wir haben gegen uns selbst, gegen einander, gegen unsere Familien und gegen Gott gesündigt."

Es war offensichtlich, dass sie schon länger hier war als ich, denn was sie als Nächstes tat, schien für sie so natürlich und selbstverständlich wie das Atmen. Sie ging auf die Knie und senkte den Kopf. Ich tat es ihr nach und kniete mich neben sie.

„Gott“, betete sie weinend, „wieder einmal komme ich zu dir, um für meine Sünde Buße zu tun. Es tut mir so leid, Herr! Ich tue Buße vor dir und vor diesem Mann, den ich aus Egoismus zur Sünde verleitet habe. Bitte vergebt mir beide.“

Dann fing sie an zu weinen und hörte auch nicht auf, während ich ebenfalls um Vergebung bat.

„Mir tut es auch leid, Herr. Ich war schwach und dumm. Ich war nicht stark genug, um dieses von dir geliebte Kind vor der Sünde zu bewahren. Bitte vergib mir.“ Und dann fing auch ich an zu weinen.

Als wir uns nach einer Weile wieder erhoben, sah ich, dass sie an ihren Knien große Blasen, Schwielen und Schrammen hatte. Es war deutlich zu erkennen, dass sie viel Zeit auf Knien verbrachte. Wir sahen einander an, beide mit verweinten Gesichtern und immer noch mit Tränen in den Augen, und umarmten uns dann. Es war die unschuldige Umarmung eines Mannes und einer Frau, die versuchen zu lernen, was es bedeutet, Kind zu werden. Wir gingen auseinander, ohne dass ein weiteres Wort fiel.

Mir war klar, dass ich meine Schuld noch nicht bis auf den letzten Heller bezahlt hatte. Ich musste noch meine Frau um Vergebung bitten.

Ich ging weiter und dachte mehr denn je daran, wie verzweifelt ich mich danach sehnte, wirklich rein zu sein … vollständig befreit von jeder inneren und äußeren Unreinheit.

Und da kam wie als Antwort auf meine Sehnsucht meine Frau auf mich zu. War sie wirklich da … träumte sie … oder träumte ich? Ich weiß es nicht. Aber in meiner Wahrnehmung war sie bei mir. Ich drückte sie fest an mich und weinte so heiße Tränen, dass sie mir wie Säure in den Augen brannten. Ich weiß weder genau, mit welchen Worten ich meine Traurigkeit und Reue zum Ausdruck brachte, noch kann ich mich an ihre Antwort erinnern, aber unsere Umarmung – mit oder ohne Worte – war voller Vergebung und ewiger Liebe.

Ich wusste nicht so genau, ob sie den Grund für meine Tränen und meine Reue kannte, aber ich hoffte, dass es nicht so war. Weshalb ihre Erinnerung an unsere Ehe trüben und ihr zusätzlich zu dem Kummer wegen meines vorzeitigen Todes noch mehr Leid zufügen? Aber ich musste Buße tun, selbst wenn sie es in ihrem derzeitigen Leben gar nicht erfuhr. Ich musste sie von der Macht meiner Sünde befreien, und ich musste von meiner Sünde rein werden. Was meine Frau empfand, das musste ich Gott überlassen – und es war ein seltsamer Gedanke, denn sie glaubte genauso wenig an ihn, wie ich es getan hatte. Doch wenn ich lernte, ihm zu vertrauen, dann musste ich ihm auch meine Lieben ganz und gar anvertrauen. Von dem Moment an begann ich zu beten, dass meine Frau und meine Kinder ihn zu ihren Lebzeiten kennenlernen und die falsche Lehre aufgeben mögen, die ich ihnen hinterlassen hatte.

Dann verblasste das Bild meiner Frau vor meinen Augen. Ich glaube, dass ich schlief, obwohl es mir ein Rätsel war, wo. Wie viel Zeit genau verging, Nächte und Tage, Schlafen und Wachen – alles war völlig verschwommen.

Als Nächstes fand ich mich auf einem Bahnhof wieder, jedenfalls schien es so, auch wenn ich hier im Jenseits noch keine anderen Transportmittel gesehen hatte als meine eigenen Füße – nur einmal war ein Bus erwähnt worden.

Ich schaute mich um und sah auf der gegenüberliegenden Seite des Raumes eine Frau sitzen, die meine Aufmerksamkeit erregte. Sie las ohne aufzublicken in einem Buch. Irgendwie kam sie mir bekannt vor, und ich hatte das Gefühl, dass ich auch ihr gegenüber eine Schuld hatte und Buße tun musste.

Ich ging zu ihr hin und sagte: „Entschuldigen Sie bitte, ich glaube, ich sollte Sie kennen, aber ich kann mich nicht erinnern."

„Wir sind uns einmal in einem Zug begegnet", antwortete sie, als hätte sie mich schon erwartet, „und Sie waren sehr grob und unhöflich zu mir. Ich habe damals auf der Fahrt ein Buch von Billy Graham gelesen, und das haben Sie gesehen und mich dafür mit Ihrer ganzen Verachtung bedacht. Als ich irgendwann später versucht habe, ein wenig zu schlafen, waren Sie absichtlich laut und unhöflich und machten Bemerkungen darüber, wie dumm doch Christen wären."

„Das tut mir sehr leid", sagte ich. „Ich muss mich für meine Grobheit und Unhöflichkeit wirklich entschuldigen. Das war falsch. Ich hoffe, dass Sie mir vergeben können."

„Vielleicht ist das in Ihren Augen nur ein kleiner, geringfügiger Vorfall", fuhr die Frau fort. „Aber durch Ihre Rücksichtslosigkeit bekam ich nicht den Schlaf, den ich dringend gebraucht hätte, und dann bin ich auf der Fahrt vom Bahnhof nach Hause am Lenkrad eingeschlafen. Ich habe einen Fußgänger überfahren, der am Straßenrand stand, einen Familienvater mit drei Kindern. Er starb durch meine Fahrlässigkeit. Dafür bin ich verantwortlich. Ich hätte nicht fahren sollen, obwohl ich wusste, dass ich übermüdet war. Aber wenn Sie rücksichtsvoller und toleranter gewesen wären und mich im Zug hätten schlafen lassen, dann wäre das vielleicht nicht passiert.

Ihre Selbstgerechtigkeit hat vielleicht einen Menschen das Leben gekostet."

Entsetzt über die Folgen meiner Rücksichtslosigkeit stürzte ich aus dem Bahnhof. Weinend betete ich wieder, dieses Mal darum, dass ich zu der Familie des Mannes und zu allen geführt werden möge, denen ich sonst noch Schaden zugefügt hatte durch eine Aneinanderreihung von Ereignissen, die durch mich in Gang gesetzt worden waren.

18

Die Wasser der Vergebung

Ich versuchte mir gar nicht vorzustellen, wie lange es dauern würde, alle meine Schulden abzubezahlen und all diejenigen um Vergebung zu bitten, die ich verletzt, denen ich unrecht getan hatte, die ich getäuscht, denen gegenüber ich grob und lieblos gewesen war, die ich missachtet, beneidet und denen gegenüber ich mich als etwas Besseres gefühlt hatte, auf die ich eifersüchtig gewesen war, die ich im Zorn verletzt hatte, die ich begehrt, ungerechtfertigt kritisiert oder in Gedanken lächerlich gemacht hatte.

Zeit spielte für mich schon längst keine Rolle mehr. Ich wollte nur unbedingt jede mögliche noch offene Verfehlung ausräumen, die ich jemals einem anderen Menschen gegenüber begangen hatte, und nach der Zeitrechnung meines irdischen Lebens hätte das Jahrhunderte dauern können.

Jedes egoistische, grobe oder grausame Verhalten von mir hatte direkte oder indirekte Auswirkungen auf Hunderte, manchmal sogar Tausende von Leben gehabt. Es hätte schon mehrere Lebensspannen dauern können, die betroffenen Menschen überhaupt alle zu *finden*.

Viele der Menschen, denen ich jetzt persönlich begegnete, hatte ich auch schon kurz nach meiner Ankunft im Meer der Gesichter gesehen. So war ich beispielsweise jeder einzelnen Person Reue schuldig, die mein Buch gelesen hatte, durch das die Große Lüge verbreitet worden war. Ihnen gegenüber bekannte ich die Unwahrheit, zu der ich beigetragen hatte, und schwor dem Bösen ab, das ich dadurch in der Schöpfung hervorgebracht hatte. Ich hoffte, dass es mit der Zeit leichter werden würde zu bekennen und Buße zu tun, aber jedes Mal, wenn mir bewusst wurde, was ich alles angerichtet hatte, zerriss mich diese Erkenntnis wieder aufs Neue innerlich. Wie sehr ich mir wünschte, dass ich mein Buch hätte vernichten und aus der Geschichte löschen können!

In all diesen Verfehlungen waren die bewussten Entscheidungen des Wesens sichtbar und lebendig, das *ich* war. Ich ganz allein war dafür verantwortlich. Ich tat Buße für alles, was mir gezeigt wurde, bei jeder Person, der ich geschadet oder die ich angegriffen hatte, und indem ich das tat, wurde jede Person, bei der ich auch nur einen einzigen negativen Gedanken ausgelöst hatte, ganz neu und auf wunderbare Weise kostbar für mich.

Ich sehnte mich danach, Wiedergutmachung zu leisten bei allen, gegen die ich gesündigt hatte, aber wie sollte ich den Schaden, den ich angerichtet hatte, vierfach zurückerstatten? Ich überlegte mir unzählige Möglichkeiten, all den Betroffenen zu helfen. Ich war bereit, die gesamte Ewigkeit lang die Tränen, die ich bei Menschen verursacht hatte, in Freude und Lachen zu verwandeln, wenn das möglich war. Ich würde der glückliche Diener all dieser Menschen werden!

Die Begegnungen, die mir am meisten zusetzten, waren solche – so wie auch die mit der Frau am Bahnhof –, bei denen irgendwann irgendwo eine Familie durch eine Kette von Ereignissen, die ich in Gang gesetzt hatte, den Verlust eines geliebten Menschen erlitten hatte.

Besonders bitter waren dabei die Selbstmorde von Menschen, die meine Lüge geglaubt und das Leben ohne Gott als hoffnungslos und sinnlos empfunden hatten. Als mir meine Verantwortlichkeit und die Folgen meines Denkens und Handelns erst einmal in vollem Ausmaß deutlich wurden, erkannte ich, dass sich die Auswirkungen meiner Worte und Taten in Wellenbewegungen ausgebreitet hatten, so wie wenn man einen Stein ins Wasser wirft und die kleinen Wellen, die dabei entstehen, immer größere Kreise ziehen. Ich musste alle finden, die direkt oder indirekt durch mein Denken und Handeln in Mitleidenschaft gezogen worden waren. Ich *wollte* ihnen persönlich meine Buße zeigen. Ob auch andere in ihren Städten der Schuld erlebten, wie tiefgreifend ihre Vergehen waren, und wie weitreichend die Folgen, kann ich nicht sagen. Bei mir jedenfalls war es so.

Schließlich – vielleicht waren tausend Jahre vergangen! – wusste ich, dass meine Schuld bezahlt war. Ich empfand einen solchen inneren Frieden, dass mir nichts anderes einfiel, als mich hinzulegen und zu schlafen.

Eine Weile später wachte ich durch den leisen Klang einer Frauenstimme auf, die über mir sang.

Hush little baby, don't say a word,
Mama's gonna buy you a mockingbird.
If that mockingbird don't sing,
Mama's gonna buy you a diamond ring.

Schlaf, liebes Kind, es wird Nacht überall,
Mama kauft dir eine Nachtigall.
Wenn die Nachtigall nicht singt,
Kauft dir Mama einen goldenen Ring.

Ich öffnete meine Augen einen ganz kleinen Spaltbreit, und schwelgte in dem noch traumumnebelten Zustand des Halbschlafes. Dabei empfand ich einen unvorstellbaren Frieden.

Als ich richtig wach wurde, stand meine Mutter neben mir und sang, als wäre ich wieder zu Hause in meinem Kinderzimmer!

Ich sprang auf und rief: „Mama … du bist es – ich glaub's einfach nicht!"

Überglücklich umarmten wir uns, und in dem Moment sah ich hinter meiner Mutter meinen Vater stehen.

„Vater!", rief ich und rannte zu ihm hin. Er umarmte mich mit der ganzen Liebe eines Vaters für sein Kind. Ich brach in Tränen aus und klammerte mich an ihn, als ginge es um mein Leben. Ich war wieder ein Kind!

„Eigentlich wollte ich dir ja auf deinen Brief antworten", sagte ich, als wir uns wieder voneinander gelöst hatten. „Danke, dass du mir geschrieben hast. Das war sehr fürsorglich von dir. Ich habe nicht gewusst, dass du so für mich empfindest."

„So habe ich immer für dich empfunden", antwortete mein Vater mit einem warmherzigen Lächeln.

„Es tut mir leid, dass ich den Brief nicht beantwortet habe, aber ich wusste einfach nicht, was ich schreiben sollte."

„Ich glaube, dass wir uns hier viel leichter von Herz zu Herz verständigen können, als wir es dort mit Worten konnten", sagte er. „Ich kenne dein Herz."

Er sah mir tief in die Augen, und als ich seinen Blick erwiderte, sah ich in das *Innere* meines Vaters hinein wie noch nie zuvor. Vielleicht lernte ich ja endlich, wirklich zu *sehen*, in dem Sinne, wie es hier jeder sagte und offenbar auch verstand.

Plötzlich *kannte* ich ihn.

Eine ganze Welt des Erkennens brach jetzt mit voller Wucht über mein Denken herein. Mit wunderbarer Klarheit erkannte ich, dass meine frühere Sichtweise völlig verkehrt herum gewesen war. Er hatte nicht mich verletzt, sondern ich *ihn*, indem ich seine Liebe falsch verstanden hatte, indem ich von ihm erwartet hatte, dass er anders sein sollte, als er nun einmal war. Der Ausdruck, mit dem er mich anschaute, war so intensiv, dass ich mich sofort daran erinnerte, wann ich diesem Blick schon einmal begegnet war. Es war der Blick des Herrn bei meiner Ankunft gewesen, als er mir begegnet war.

Endlich begriff ich!

Es war nie die Aufgabe meines Vaters gewesen, ein *perfekter* Vater zu sein, sondern lediglich ein Abbild der Vaterschaft Gottes in menschlicher Gestalt. Gerade die Unvollkommenheit meines Vaters war zu meinem Besten gedacht gewesen, vielleicht, um mir etwas über meine eigene Unvollkommenheit und meine eigenen Fehler zu zeigen. Er hatte mich geliebt, und zwar auf die unvollkommene und bruchstückhafte Weise, zu der er fähig war, und dennoch als Bild für die Liebe Gottes. Mit dieser verblüffenden Erkenntnis wurde mir klar, dass ich selbst verhindert hatte, dass seine Liebe ein Ziel und ein Zuhause finden konnte. Sein Vatersein hatte keinen Platz gefunden, an dem es bei mir hätte ankommen und Wurzeln schlagen können. Ich selbst hatte verhindert, dass diese Wurzeln der Vaterschaft in meinem Innern hatten wachsen können.

Er war der Mann, der mir geschenkt worden war als irdisches Abbild der Vaterschaft Gottes. Vielleicht war das nicht so leicht zu erkennen gewesen, aber es erkennen zu lernen war eine der ersten Lektionen, die das Leben mich hätte lehren sollen. Jetzt erkannte ich, dass die Ehrfurcht vor der Aufgabe meines irdischen Vaters für mich die wichtigste Tür zu einer innigen Vertrautheit und Nähe zu Gott gewesen wäre. Es war die Aufgabe meines Vaters gewesen, Gottes Stelle einzunehmen, und es stand mir nicht zu, darüber zu urteilen, ob er diese Aufgabe gut oder weniger gut erfüllt hatte. Ich hatte diese heilige Aufgabe einfach nur zu achten und nicht darüber zu befinden, wie er sie bewältigte.

Mein Vater hatte mir natürlich nichts über Gott vermittelt, aber es wäre trotzdem *meine* Verantwortung gewesen, das Wesen Gottes auch in der ganzen menschlichen Begrenztheit dessen wiederzuerkennen, was mein Vater in unser gemeinsames Leben als Vater und Sohn eingebracht hatte. Alle menschlichen Väter bringen Unvollkommenheit in die Lebensgleichung ein, aber menschliche Vaterschaft war nun einmal das Werkzeug, das Gott sich dazu ausgesucht hatte. In *meiner* Verantwortung lag es, zu erfahren und zu begreifen, was *Vater* bedeutete. Der Auftrag, den ich bekommen hatte, bestand darin, ihn zu *ehren,* und zwar nicht dafür, dass er ein perfekter Vater war, sondern dafür, dass er *mein* Vater war, dafür, dass er mir das Leben geschenkt hatte und dafür, dass er auf zutiefst geheimnisvolle Weise für mich der irdische Repräsentant des Wesens Gottes war.

Ich umarmte meinen Vater noch einmal, dieses Mal als Sohn, der endlich bereit war, die Liebe seines Vaters anzunehmen. „Ach Vater", sagte ich. „Es tut mir so leid, dass ich dich so gar nicht gekannt habe."

„Mein Sohn, ach, mein Junge", antwortete er weinend. „Ich liebe dich, und ich wusste, dass du mich eines Tages verstehen würdest. Natürlich haben wir viel falsch gemacht, so wie alle Eltern, und wir sind tieftraurig und sehr bekümmert über diese Fehler. Ich weiß, dass ich dich verletzt habe – das ist meine Sache. Ich lerne, für meine eigenen Sünden geradezustehen und Buße zu tun. Deine Sache ist es, mir zu vergeben und allen, von denen du das Gefühl hast, sie hätten dir in irgendeiner Form geschadet, und zwar unabhängig davon, ob sie auch dafür selbst Buße tun oder nicht. Manche werden es vielleicht tun, aber das ist ihre Sache. Deine Aufgabe ist es, bedingungslos und ohne Einschränkung zu vergeben. Dies ist das Land, in dem alle Verantwortung, die selbst übernommen werden kann, auch selbst übernommen werden muss. Hier gibt es kein Warten darauf, dass der andere einem auf halbem Weg entgegenkommt. Dies ist nicht das Land der geteilten Verantwortung. Dies ist das Land, in dem die Verantwortung zu hundert Prozent bei einem selbst liegt."

Ich wusste, dass immer wieder grausame, manchmal geradezu barbarische Eltern die Welt in Aufregung versetzten. Es fand so viel abscheulicher Missbrauch der hohen Berufung von Eltern statt. Ich war sicher, dass es für Männer und Frauen, die diese heilige Verantwortung schamlos und offenkundig verletzten, einen leidvollen Tag der Abrechnung geben würde. Wahrscheinlich erlebten viele hier gerade genau das. Ich wusste außerdem, dass es besonders für Waisen und für Kinder, die Grausamkeit erlebt haben, schwierig ist, die Verbindung zwischen dem Irdischen und dem Himmlischen herzustellen. Eine Schwierigkeit, die ich nie gehabt hatte. Der Weg solcher Menschen, wieder heil zu werden, war also sicher noch ein ganz anderer als meiner.

Aber zu diesen Menschen gehörte ich nicht. Meine Sache war es, zu erkennen, was Gott *mich* lehren wollte. Und mir wurde klar, dass alle Menschen vor dieselbe Herausforderung gestellt sind – nämlich *zu entdecken, wer Gott ist, und zu entdecken, was* Vater *bedeutet.*

Während er sprach, wurde mir urplötzlich klar, dass mein Vater mir ebenfalls als Mentor geschickt worden war, und zwar als einer, der mir zeigen sollte, was Vergebung ist. War er inzwischen auch tot? Die Frage war nicht zu beantworten, denn wenn wirklich tausend Jahre vergangen waren, dann konnte *jeder* tot sein! Dann war sicher schon das Ende der Welt gekommen – sei es biblisch, politisch oder ökologisch – und alle waren jetzt hier. Wir befanden uns alle auf unseren ganz persönlichen, individuellen und miteinander verflochtenen Pilgerwegen.

Ich freute mich zutiefst über das, was geschehen war. Was ich in meinem irdischen Leben von meinem Vater nicht hatte annehmen können, nahm ich jetzt umso bereitwilliger an. Was war es für ein Vorrecht, einen irdischen Vater zu haben! Wie gut war es von Gott, seinen Kindern Väter zu schenken! Und wie seltsam, dass mein Vater zu dem Zeitpunkt, als ich gestorben war, noch am Leben gewesen war. Ich war zwar schon länger hier als er, aber er war mir hier schon weit voraus und konnte deshalb jetzt mein Begleiter sein. Das löste einen weiteren Stich der Reue bei mir aus – auch auf der Erde war er mir in Bezug auf die Charakterentwicklung weit voraus gewesen, aber ich hatte mich ihm dennoch intellektuell genauso haushoch überlegen gefühlt wie meiner Mutter.

Mein Vater führte mich jetzt an ein Becken mit Wasser, das von einem unvorstellbar tiefen Blau war.

„Das hier ist das Wasser der Vergebung", sagte er. „Dieses Wasser wird dir die Augen öffnen, damit du sehen kannst, wo du anderen vergeben sollst. Jetzt ist es nämlich Zeit, denen zu vergeben, die dir unrecht getan und sich an dir schuldig gemacht haben. Diese Art der Vergebung kann erst stattfinden, *nachdem* man seine eigene Schuld bezahlt hat. Man kann sich erst dann mit denen befassen, die einem unrecht getan haben, wenn man das Unrecht in Ordnung gebracht hat, das *man selbst* anderen zugefügt hat."

Ich kniete mich hin, um zu trinken.

„Aber“, fügte mein Vater noch hinzu, „vielleicht wirst du eine Überraschung erleben.“

Noch während ich trank, spürte ich, wie das flüssige Blau der Offenbarung alle meine Sinne durchströmte, so wie es auch schon mit den Düften in dem Garten gewesen war. Ich roch, ich schmeckte, ich hörte, ich *spürte*, wie das Wasser sich in meinem ganzen Körper und Blutkreislauf verteilte, wie es in jedes Gefäß, jede Pore und in mein Denken drang. Mir wurden die Augen dafür geöffnet, dass ich nicht annähernd so viele Verfehlungen anderer zu vergeben hatte, wie ich geglaubt hatte. Ich konnte mich plötzlich an fast keine mehr erinnern. Worin auch immer sie bestanden haben mochten – jetzt kam es mir vor, als handelte es sich eher um vermeintliche Verfehlungen als um tatsächlich begangenes Unrecht. Ich hatte anderen die Schuld an meinen Verletzungen gegeben, statt dafür selbst die Verantwortung zu übernehmen. Aber hier im Land der Verantwortlichkeit war das, was andere an mir getan hatten, gar nicht mehr von Belang für mich. Es machte mir nicht nur nichts mehr aus … nein, ich konnte mich an solche Verfehlungen nicht einmal mehr erinnern! Mir lag nur noch daran, für meine *eigenen* Verfehlungen zu sühnen.

Die bekannte Redewendung „Das wird dir irgendwann noch leidtun!“, war wirklich zutreffend, allerdings auf eine andere Weise, als sie normalerweise verstanden wird, wenn sich verletzte Menschen vorstellen, wie sich jemand bei ihnen entschuldigt – und dabei ihren vermeintlichen Gegner vor sich kriechen sehen, während sie eine Liste nie vergessener Kränkungen abhaken. So lief es hier nicht. Nicht das, was mir angetan worden war, sondern was *ich* anderen angetan hatte, stand im Mittelpunkt meiner Geschichte in der Ewigkeit.

Als ich jetzt dort neben dem Wasserbecken stand, sah ich auch meinen Vater in einem ganz neuen Licht. Er hatte mich gar nicht verletzt, sondern ich selbst hatte zugelassen, dass ich verletzt wurde, weil ich ihm nicht vertraut hatte. Für die Probleme, die zwischen Eltern und Kindern ganz normal und üblich sind, musste *ich* die Verantwortung übernehmen und sie hinter mir lassen, nicht er.

Und genauso war es dann auch mit vielen Menschen, von denen ich geglaubt hatte, ihnen vergeben zu müssen. Ich musste *sie* um Vergebung bitten, weil ich *geglaubt* hatte, sie hätten mir unrecht getan, und dabei war es umgekehrt gewesen. Ich hatte *ihnen* unrecht getan. Worin auch immer ihre Sünden bestanden haben mochten, das war ihre Sache und gehörte in ihren Prozess des Heilwerdens. Ich brauchte mich einzig und allein um das zu kümmern, wofür ich verantwortlich war.

Ich erinnerte mich an die Worte meines Vaters: *Dies ist das Land, in dem alle Verantwortung, die übernommen werden kann, auch selbst übernommen wird. Hier wird nicht darauf gewartet, dass einem der andere auf halbem Weg entgegenkommt. Dies ist das Land, wo man selbst zu hundert Prozent verantwortlich ist.*

Meine Verletzungen lösten sich durch das Blaue Wasser der Vergebung in Nichts auf.

19

Am Rande des Feuers

Ich verließ die Stadt der Schulden und das Becken mit dem Wasser der Vergebung mit einem großartigen Gefühl der Beschwingtheit und Freiheit. An diesem Ort schuldenfrei zu sein war etwas viel Gewaltigeres als alle angebliche finanzielle Unabhängigkeit in meinem früheren Leben! Die Freude an der Vergebung, die ja innerlich wie äußerlich zusammenwirkt, indem Vergebung gewährt und empfangen wird, ist mit Worten nicht zu beschreiben. Ich fühlte mich so leicht und glücklich und unbeschwert, dass ich eine Zeit lang das Feuer völlig vergaß.

Leichtfüßig ging ich meiner Wege, dachte an nichts anderes als daran, wie gut sich doch Vergebung anfühlte, und bemerkte dabei kaum, dass die Berge des Lichts, die ich schon zuvor gesehen hatte, näher waren als je zuvor. Sie schienen hundert Kilometer entfernt, aber dennoch so nah, dass ich das Gefühl hatte, sie berühren zu können, wenn ich die Hand ausstreckte. Außerdem waren sie viel höher, als ich sie mir vorgestellt hatte und unglaublich hell. Ich konnte grelle Blau- und Grüntöne von Seen und Wäldern erkennen – ich sah Wasser aus unzähligen Strömen und Flüssen, die von den höchsten Gipfeln strömten, und das gesamte Gebiet pulsierte von der Kraft und Energie des puren Lebens und der Hoffnung der Ewigkeit. Mir kam der Gedanke, dass das Abbüßen meiner Schuld meine Sinne vielleicht so sehr belebt und geschärft hatte, dass ich noch besser und klarer sehen konnte, aber dann wurde mir klar, dass ich wirklich näher an den Bergen war – *viel* näher.

Kam jetzt endlich der lang ersehnte Höhepunkt meiner Reise?

Das war tatsächlich so. Aber wie hatte ich nur vergessen können, was zwischen hier und dort lag? Doch dann bemerkte ich wieder die Rauchsäule, die vor mir aus der Erde aufstieg und ein Schauer durchfuhr mich.

Unbewusst ging ich langsamer, denn vor mir sah ich einen tiefen Abgrund. Intensive Hitze stieg daraus empor, weit stärker noch als die des Feuers, das den Baum aus Gold von dem Ungeziefer gereinigt hatte, und ich wurde überflutet von Bildern aus Dantes Vision von der Hölle.

Jetzt kam mir wieder alles in den Sinn, was man mir über die letzten Vorbereitungen für die Berge gesagt hatte. Die Feuergrube, die aus der Ferne beinah klein ausgesehen hatte, erstreckte sich jetzt endlos weit zu meiner Rechten und meiner Linken vor mir. Es war unmöglich, um die Grube *herum* zu gehen. Mir war klar, dass ich mich wie die Millionen anderer Menschen auch dafür entscheiden konnte, auf dieser Seite des Feuers zu bleiben und mich dort niederzulassen. Ich konnte das Feuer meiden und die Notwendigkeit der Flammen aufschieben … vielleicht sogar unendlich. Niemand würde mich *zwingen*, in das Feuer zu gehen.

Plötzlich wurde ich von hinten von jemandem angesprochen, der wusste, was ich dachte. Ich drehte mich um und sah einen bärtigen Mann näher kommen, der tadellos gekleidet war mit einem dunkelblauen Frack und einer roten Weste darunter. Daran, wie er strahlte, war am offensichtlichsten zu erkennen, wie das Leben auf der anderen Seite des Feuers sein musste. Er war eindeutig aus den Bergen gekommen, auch wenn mir völlig schleierhaft war, wie er von dort hierher gelangt war. Es waren inzwischen zwar schon häufig Leute auf mich zugekommen, aber ich hatte mir nie die Frage gestellt, wie diese Begleiter eigentlich zu mir gelangt waren. Hier funktionierte wirklich alles nach anderen Gesetzen.

„Er hat Mittel und Wege, dich zu zwingen, wenn du dich nicht dafür entscheidest", sagte der Mann als Antwort auf meine unausgesprochenen Gedanken.

Er hatte einen starken Akzent, und mir war sofort klar, dass ich es mit *dem Schotten* zu tun hatte. „Du wirst dich dafür entscheiden", fuhr er fort. „Du musst dich dafür entscheiden. Aber es ist immer am besten, sich selbst für seinen Weg zu entscheiden, bevor extreme Maßnahmen erforderlich werden."

„Ich ... ich weiß nicht, ob ich es kann", sagte ich.

„Möchtest du heil werden?"

„Ja, von ganzem Herzen."

„Dann wirst du auch heil gemacht werden. Du musst heil gemacht werden. Du musst dich *dafür entscheiden*, heil gemacht zu werden."

Er hielt inne und schaute mir tief in die Augen. „Möchtest du gereinigt werden?", fragte er.

Ich nickte.

„Dann wirst du gereinigt werden. Du musst gereinigt werden. Du musst dich dafür *entscheiden*, gereinigt zu werden."

Und ein drittes Mal stellte er mir die bohrende Frage: „Möchtest du geläutert werden? Du musst geläutert werden. Er ist leicht zu erfreuen, aber schwer zufriedenzustellen. Deshalb musst du dich dafür *entscheiden*, geläutert zu werden."

„Aber wer würde sich denn jemals ... für das *Höllenfeuer* entscheiden?", fragte ich.

„Ach, glaubst du das?", fragte er mit dem Hauch eines Lächelns und einem Blick in die Richtung, in die ich gegangen war. „Glaubst du, dass du hier am Rande der Hölle angekommen bist?"

„Ist es denn nicht so?"

„Vielleicht. Aber es ist nicht mehr Hölle als all das, was du schon hinter dir hast."

„Willst du damit sagen, dass ich schon die ganze Zeit in der Hölle bin?", rief ich.

„Vielleicht", wiederholte er noch einmal und fuhr dann fort: „Für diejenigen, die umkehren und wieder zurückgehen, für diejenigen, die sich dafür entscheiden, in einer der Städte des lebendigen Todes zu bleiben, für diejenigen, die sich weigern, ihre Schuld einzugestehen und dadurch in der Stadt der Schulden gefangen sind, ist dies sicher von Anfang an die Hölle. Sie haben es sich dann als ihre Hölle ausgesucht, und sie werden ihr nicht entkommen, bevor sie nicht alle Schuld bis auf den letzten Heller bezahlt haben. Manche werden vielleicht auch in ihrer Hölle bleiben wollen, und für diejenigen wird es dann auch schon immer Hölle gewesen sein. Doch das betrifft dich alles nicht", fuhr er fort. „Wie die anderen sich entscheiden, hat keinen Einfluss auf deine Geschichte. Ich bin zu dir geschickt worden, um dir bei *deiner* Entscheidung zu helfen. Ob du also in der Hölle bist oder auf dem Weg ins Jenseits, hängt ganz von den Entscheidungen ab, die noch vor dir liegen. Die unumgängliche Lektion, die du gerade bekommen hast, bereitet dich auf das Wirken des Feuers vor."

„Welche Lektion meinst du denn?"

„Die Lektion, dass Vaterschaft der Kern des Universums ist, der Zugang zum Herzen Gottes. Wir sind unterwegs in der Sphäre ewiger Vaterschaft", fuhr der Schotte fort. „Vaterschaft ist der Sauerstoff des Lebens. Wenn man diese zentrale Wahrheit nicht kennt, was sonst kann dann das Feuer anderes sein als äußerster Schrecken? Bevor wir das Feuer verstehen können, müssen wir wissen, wer Gott ist."

„Und ich musste das lernen, indem ich meinen eigenen Vater so sehen konnte, wie er wirklich ist."

„Das ist nicht der einzige Weg zur Großen Wahrheit der Vaterschaft", entgegnete der Schotte, „aber der bevorzugte."

„Ich kann einfach nicht glauben, wie blind ich für diese Wahrheit gewesen bin."

„Da bist du nicht der Einzige. Die grundlegende Verbindung zwischen den beiden Vaterschaften ist für viele erst dann zu erkennen, wenn ihnen die Augen geöffnet worden sind."

„Das ist auf der Erde nicht leicht zu erkennen, weißt du."

„Das mag ja sein … aber wir sollten es doch erkennen. Irdische Vaterschaft ist der Hauptzugang zu dieser Entdeckung. Gott hat es so eingerichtet, dass, wenn einem die Augen für den eigenen Vater geöffnet werden – so gut oder schlecht dieser Vater auch immer gewesen sein mag –, einem gleichzeitig auch auf wundersame Weise die Augen dafür geöffnet werden, was himmlische Vaterschaft ist. Deshalb gehört die Begegnung aller, die hierherkommen, mit dem, was Vater bedeutet, ganz wesentlich zur Vorbereitung dazu. Wir *müssen* unbedingt verstehen, wer Gott ist."

„Endlich fange ich an, das zu begreifen", sagte ich.

„Und jetzt", fuhr er fort, „hast du deinen Vater mit Gottes Augen gesehen, du hast dich deiner Leugnung gestellt, du hast deine Schulden bezahlt, du hast vergeben und Vergebung empfangen, und damit ist deine Vorbereitung abgeschlossen. Jetzt bist du so weit, dich der Sünde zu stellen, die dir näher ist als dein eigenes Fleisch, der Sünde *in dir.*"

Mich schauderte.

„Jetzt ist das Feuer von Maleachis Feuerofen ganz nah", fuhr er fort. „Es wird schmerzhafter sein als alles, was du je erlebt hast. Du wirst die Flammen bis ins Innerste deiner Seele hinein spüren, denn die Sünde, die weggebrannt werden muss, ist in deinem *Inneren.*"

Während er sprach, waren wir die ganze Zeit näher an den Abgrund herangegangen. Der Schotte schien nicht die geringste Angst vor dem Feuer zu haben.

„Wie tief ist es denn?", fragte ich mit zittriger Stimme, als ich über den Rand des Abgrunds schaute.

„So tief wie nötig. Hast du noch nicht gemerkt, dass hier alles endlos ist? Das Feuer ist in alle Richtungen grenzenlos. Seine Tiefe ist in deinem Inneren."

„Stimmen die alten Geschichten – dass man dort nicht wieder herauskommt?"

„Das Feuer soll Gottes Zweck erfüllen", antwortete er. „Die einzige Möglichkeit, wieder herauszukommen, besteht darin, sich ganz dem läuternden Schmelzofen Maleachis zu überlassen und rein gebrannt zu werden, um dann unbefleckt und makellos wieder daraus hervorzukommen."

„Und was befindet sich auf dem Boden des Abgrunds?"

„Das alles verzehrende Feuer, in dem auch jeder letzte Rest von Sünde ein für alle Mal vernichtet wird."

„Und was ist das *alles* verzehrende Feuer?"

„Was wohl, als das, was uns von den Vorvätern gesagt ist – das Herz des Vaters."

„Du meinst doch nicht etwa ... dass ... also dass *dort* unten Gott ist, oder?", fragte ich erstaunt.

„Doch natürlich. Er ist überall. Der Psalmist sagt es doch so, dass es deutlicher gar nicht sein könnte: *Wollte ich mich im Totenreich verbergen, auch dort bist du.* Das Feuer Gottes, das sein innerstes Wesen, seine Liebe und seine Schöpferkraft ausmacht, ist ein Feuer, das im Unterschied zu der irdischen Entsprechung dafür nur von Weitem gesehen brennt. Je weiter wir davon entfernt sind, desto schlimmer brennt es. Je mehr wir uns ihm nähern, desto mehr wird aus dem Brennen Trost. König David, Gott hab ihn selig, kannte das Herz Gottes!“

Ich hatte von Anfang an von dem Feuer gewusst, aber als ich jetzt so nah an der Schlucht stand, hatte ich jede Menge neuer Fragen … oder war es nur neuerliche Furcht? Der Schotte hatte eine so ungewöhnliche Art, sich auszudrücken, dass es immer eine Weile dauerte, bis ich wirklich begriffen hatte, was er meinte.

„Alles gehört Gott“, fügte er hinzu. „Der Himmel ist Gottes Zuhause. Die Hölle seine Werkstatt. Was glaubst du denn, warum er das Feuer erfunden hat? Um seine Schöpfung von der Sünde zu reinigen.“

„Und was ist mit dem Teufel und all dem?“

„Es kann sein, dass der Teufel ebenfalls dort ist, auch wenn ich nicht weiß, welche Pläne es für ihn gibt, aber das Feuer arbeitet und wirkt für Gott und nicht für den Teufel. Gott liebt so ganz und gar, ja, er *ist* die Liebe, dass sogar die Hölle sich dieser Liebe unterordnen und sie mit verkörpern muss. Das großartige Wirken der Gerechtigkeit Gottes soll einer Liebe den Weg bahnen, die jedem Menschen gibt, was richtig ist, selbst wenn das mithilfe furchtbaren Leids in dem Feuer geschieht, das du da vor dir siehst – durch ein Leid, vor dem die Liebe des Vaters nicht verschont, weder sich selbst noch seine Kinder, sondern das er bereitwillig um ihretwillen erträgt, damit er ihnen alles geben kann, was in seinem Herzen ist.“

„Also leidet er ebenfalls durch das Feuer?“, fragte ich erstaunt.

„Aber natürlich. Jeder Schmerz, jedes Leid, das du spürst, fühlt er mit dir, und zwar tausend Mal stärker als du. Er trägt all unser Leid mit, damit wir es überhaupt aushalten können. Selbst den Schmerz im Feuer nimmt er auf sich, damit er diejenigen reinigt, die sich darauf einlassen. Unsere Aufgabe dabei besteht darin, ihm zu *vertrauen.* Gemeinsam mit Hiob sagen wir: *Er wird mich doch umbringen… aber ich will meine Wege vor ihm verantworten.* Lass Gottes Willen geschehen und alles ist gut."

20

Die Schule der Kindschaft

Ich schaute über das scheinbar bodenlose und unendlich große Loch hinweg, das sich vor mir auftat. Kilometerhohe Flammen loderten daraus empor. Die Hitze war intensiv und stechend.

Bei diesem erschreckenden Anblick kam mir die Erinnerung an Situationen, in denen begeisterte Christen mir „Zeugnis gaben", wie sie es nannten, um mich vor meinem Atheismus zu retten. Ich erinnerte mich an die Bilder, die sie dabei verwendet hatten, unter anderem das Bild von einer großen Brücke, die über die Feuerschlucht mit den lodernden Flammen hinwegführte, und auf der die Erlösten die Schlucht sicher und unversehrt überqueren konnten. Es war merkwürdig, dass ausgerechnet *mir* dieses Bild in diesem Moment in den Sinn kam.

Der Schotte wusste natürlich, was ich dachte.

„Für diejenigen, die nicht schon vor ihrem Tod Kinder geworden sind, gibt es keinen Weg über die Schlucht hinweg", sagte er, „sondern nur *hindurch*. Es gibt keine Brücke, und so hat das mit dem Kreuz auch nie funktioniert. Nur Menschen, die das Wirken des Sohnes missverstanden haben und glauben, er wäre gekommen, um uns vor dem *Vater* zu schützen und uns vor seinem Zorn und vor der Hölle zu retten, denken sich solche stark vereinfachenden Bilder aus. Aber Brücken über tiefe Schluchten, in denen das Feuer so heftig brennt, dass die Flammen über den Rand lodern und die Auserwählten, die gesund und munter hinübergehen, unter sich die Schreie und Klagen der Verdammten in ihrer ewigen Folterqual hören …"

Er hielt inne und schüttelte frustriert den Kopf. Ein paar Sekunden lang war er nicht in der Lage, weiterzusprechen, aber dann stieß er einen tiefen Seufzer aus und fuhr fort: „So war es nie. Der einzige Weg, auf dem man ins Reich Gottes gelangen kann, ist der über die Kindschaft, so wie er es uns gelehrt und auch vorgelebt hat. Und Kindschaft kann nur erlangt werden am Altar des Verzichts, so wie er es uns gezeigt hat. Auf der anderen Seite des Portals hat man jeden Tag Dutzende Male vor diesem Altar gestanden. Er war die Schule, in der wir nach dem Wunsch und Willen Gottes eigentlich Kindschaft lernen sollen, und zwar indem wir unsere egoistischen Motive ablegen und Gottes Willen tun statt unseres eigenen."

„Woher wissen denn die Menschen dort, was sie tun sollen?", fragte ich. „Wie lernen sie es? Ich habe dort jedenfalls nie gemerkt, dass ich etwas lernen sollte."

„Inzwischen ist dir ja sicher klar, dass du es hättest erkennen können. Zu dem Zweck ist ja Jesus als Lehrer und Prophet und König und sozusagen als Direktor dieser Schule gekommen – um Kindschaft zu lehren, um ein Beispiel zu geben, wie man den eigenen Willen loslassen und stattdessen mit dem Willen des Vaters eins werden kann. Es gab bestimmte Mittel und Methoden, die dort eingesetzt wurden, um das zu erreichen, aber die können jetzt, wo du hier bist, nicht mehr angewendet werden. Bei Christen, die die Kraft des Kreuzes begriffen haben, bewirkte es Kindschaft in ihrem Wesen, und zwar in jedem einzelnen Moment. Das ist auch der Grund, weshalb diejenigen, die in ihrem früheren Leben wirklich geglaubt haben, einen anderen Weg vor sich haben als du. Sie haben Kindschaft durch den heiligen Geist gelernt, der in ihnen wohnt und der in ihnen Gerechtigkeit bewirkt hat. Aber wie du ja bereits von mehreren deiner Begleiter gehört hast, wirkt die Wahrheit hier auf einer höheren Ebene. Die Gleichungen sind hier anders. Die geistliche Mathematik hat hier andere Mittel und Wege. Hier ist alles mit höherer Bedeutung erfüllt. Für diejenigen, die sich im früheren Leben geweigert haben, Kindschaft zu lernen, kann ja ihr irdisches Wesen nicht mehr als das Werkzeug zum Erlernen der Selbstentsagung dienen. Hier auf dieser Seite ist der Altar das Feuer."

Noch einmal seufzte er, und noch einmal bemerkte ich Frustration in seinem Tonfall. Ich war einer von denen, über die er gesprochen hatte.

„Es gibt eine gewisse Vorliebe für die schlimme Vorstellung", sagte er, „dass es einen Weg gibt, auf dem man diese strenge Gerechtigkeit umgehen kann, einem Weg, all dem zu entgehen, was von uns verlangt wird, aber ein solches Entgehen gibt es nicht. Es gibt keinen Himmel mit ein bisschen Hölle darin – keinen Plan, bei dem wir doch das eine oder andere vom Teufel in unserem Herzen oder unseren Taschen behalten können. Der Satan muss weg, und zwar ganz und gar, mit Haut und Haar! Und wir brauchen auch nicht zu glauben, dass wir von der Notwendigkeit entbunden werden, gut zu *sein*, weil wir gut *gemacht* werden."

Er sah, dass ich schon wieder verwirrt war.

„Ich muss mich wirklich entschuldigen", sagte er. „Ich vergesse immer wieder, dass du ja gar nicht vertraut bist mit den christlichen Lehrsätzen, die viele erst wieder verlernen müssen, wenn sie hier ankommen. Eines der größten Missverständnisse über das Wirken von Jesus ist die Vorstellung, dass Gott uns gerecht *macht* und wir uns nicht tagtäglich viele Male *dafür entscheiden* müssen, gerecht zu sein. Sogar hier auf dieser Seite muss man sich dafür immer wieder entscheiden, so wie auch du dich ja auf deinem Weg hier immer wieder dafür entschieden hast. Wir müssen uns entscheiden, unseren Anteil am Wirken des Vaters und am Opfer des Sohnes zu übernehmen. Ihr

Wirken zusammen mit unserem *Willen* schafft Kindschaft. Das ist der Grund, warum du endlich hier bist."

„Und inwiefern habe ich mich dafür entschieden?"

„Du hast dich für jeden der Schritte entschieden, die dich hierhergeführt haben. Du hast dich dafür entschieden, dich für die letzte und endgültige Reinigung bereit machen zu lassen. Wir müssen uns dafür entscheiden, gut zu sein, uns dafür entscheiden, uns selbst zu entsagen, uns dafür entscheiden, die anderen an die erste Stelle zu setzen, uns dafür entscheiden, Buße zu tun für unsere Sünden bei denen, gegen die wir gesündigt haben, und dadurch Töchter und Söhne des Vaters im Himmel zu werden."

„Die Berge dort hinten – sind die der Himmel?", fragte ich und zeigte hinüber zur anderen Seite der Schlucht.

„Vielleicht", antwortete der Schotte genau so, wie er auch auf meine Frage nach der Hölle geantwortete hatte. „Von deinem jetzigen Standpunkt aus kannst du noch nicht alles verstehen, aber weil du ein logischer Denker bist – mir ist nämlich alles über dich berichtet worden –, kannst du es vielleicht folgendermaßen verstehen: In gewisser Weise sind Himmel und Hölle etwas, das sich uns erst rückblickend erschließt. So hat es ein guter Freund von mir, der auch hier ist, in einem Buch zu diesem Thema einmal beschrieben. Für diejenigen, die jetzt in den Bergen leben, im Land Gottes also, ist alles von Anfang an der Himmel gewesen, bis zurück in ihr irdisches Leben. Sowohl der Himmel als auch die Hölle reichen vor- und auch rückwärts. Auch die Verdammnis erstreckt sich rückwärts und besudelt alles, was zuvor gewesen ist. Bußbereite Kindschaft *verherrlicht* alles, was zuvor gewesen ist mit dem Strahlen des langsam aufgehenden himmlischen Lichts. Davon hast du sicher schon

Bruchstücke zu sehen bekommen. Als du deine Schuld an Vergebung bezahlt hast, da hat sich dadurch sowohl deine Vergangenheit als auch deine Zukunft verändert. Deine Bereitschaft zur Versöhnung wirkt sich in beide Richtungen aus. Für diejenigen aber, die sich weigern dem Aufruf zur Versöhnung zu folgen, wird die Hölle des Selbst, in der sie ihr irdisches Leben verbracht haben, zum endgültigen und damit ewigen Höllenzustand. Der bereits erwähnte Freund sagt immer, dass die Gesegneten behaupten, sie hätten schon immer im Himmel gelebt und die Verlorenen, sie seien schon immer in der Hölle gewesen."

„Ich muss schon sagen, dass es ziemlich schwierig zu begreifen ist, wie das alles hier läuft."

„Ja", sagte er mit einem Nicken. „Und dabei warst du nur Atheist."

„Nur Atheist!?", entgegnete ich verwundert. „Das war doch eigentlich schlimm genug, oder?"

„Ach, eigentlich gar nicht so sehr. Atheismus ist keine große Sünde. Für die Aufrichtigen ist der Atheismus vielleicht nur eine ehrliche Reaktion auf die Rätsel des Universums. Obwohl ich nach der Lage der Dinge sagen muss, dass in deinem Atheismus auch eine ungute Portion Selbstgerechtigkeit enthalten war."

„Ja, da hast du recht", sagte ich. „Ich war im eigentlichen Sinne des Begriffes *kein* echter Atheist. Es ist ziemlich beschämend, jetzt in aller Klarheit zu erkennen, was ich wirklich war."

„Wenn Atheisten fairer und weniger voreingenommen die Indizien für die Existenz Gottes anschauen würden", fuhr der Schotte fort, „dann würden sie auf der Stelle gläubig. Aber das ist wahrscheinlich zu viel verlangt. Nur wenige Atheisten haben so viel Mut wie der Don, sich die Indizien anzuschauen und zuzugeben, dass sie unrecht gehabt haben. Mit meiner Bemerkung, dass es für dich weniger schwierig sei, habe ich gemeint, dass es für viele religiöse Menschen viel schwieriger ist, wenn sie hier ankommen."

„Im Ernst? Aber wie kann denn das sein?", fragte ich nach. „Man müsste doch eigentlich meinen, dass sie durch ihren Glauben viel besser auf all das hier vorbereitet sein müssten, als ich mit meinem Atheismus es war."

„Das wäre sicher so, wenn ihre Überzeugungen richtig wären. Aber falsche Überzeugungen und Vorstellungen über Gott können manchmal mehr Schaden anrichten als überzeugter Atheismus. Als du auf dieser Seite aufgewacht bist und gemerkt hast, dass du dich geirrt hast, da war es das eben – du *wusstest* klipp und klar, dass du falsch gelegen hast, denn der Herr ist auf dich zugekommen. Im strahlenden Licht seiner Gegenwart war dein Atheismus von jetzt auf gleich erledigt. Aber stell dir einmal vor, wie es für Muslime sein muss, aufzuwachen und festzustellen, dass an ihrer Religion von Anfang bis Ende alles falsch war."

„Daran habe ich noch gar nicht gedacht."

„Selbst für viele Christen ist das ja schwer, wenn auch vielleicht nicht ganz so schwer. Aber viele von ihnen wehren sich gegen das, was sie hier erfahren, weil es dem widerspricht, was sie gelernt und immer geglaubt haben. Es stimmt, dass die meisten Christen bei ihrer Ankunft verwundert darüber sind, was sie hier vorfinden, und dass es ihnen oft schwerfällt, sich darauf einzulassen. Wenn ihnen dann die Augen geöffnet werden, lassen sie sich sofort mit freudigem Gehorsam auf tiefer liegende Ziele ein, weil sie dann innerlich rein sind und weil diejenigen, die reinen Herzens sind, glücklich sind. Sie sind überglücklich, jemanden wie dich hier zu sehen. Nichts könnte sie glücklicher machen! Sie waren auf der Suche nach der Wahrheit, obwohl sie das Falsche über das Wesen und Handeln Gottes gelehrt worden waren."

Ich dachte eine Weile darüber nach, was er gesagt hatte, und da bemerkte ich in einiger Entfernung etwas, das aussah wie eine riesige Menschenansammlung.

21

Die Menge am Abgrund

Wer sind denn all die Menschen?“, fragte ich und zeigte auf eine Menschenmenge in der Ferne. Die Menschen schienen am Rande des Abgrundes zur Feuergrube herumzulaufen.

„Eine äußerst faszinierende Ansammlung von Individuen ist das“, entgegnete er traurig. „Es ist herzzerreißend, wie sie sich selbst betrügen. Sie stellen einige der extremen Beispiele des Menschseins dar – furchtbare Heiden zusammen mit einigen der selbstgerechtesten Glaubenspersönlichkeiten, die man sich nur vorstellen kann. Es sind viele jüdische Pharisäer darunter, eine große Anzahl islamischer sogenannter heiliger Männer, sowie ein paar der berüchtigtsten Bösewichte der Weltgeschichte. Die Mischung würde sicher eine höchst interessante Charakterstudie für einen Roman ergeben“, fügte er noch mit einem Seufzen hinzu. „Schade, dass ich hier für solche Dinge kaum Zeit habe. Es ist schon erstaunlich, wie viel man hier zu tun hat. Aber es würde sowieso nicht viel nützen, weil es sicher so wäre wie immer“, sinnierte er. „Diejenigen, die so ein Buch am dringendsten lesen müssten, würden es wahrscheinlich sowieso nicht in die Hand nehmen.“

„Was haben denn die Menschen in einer so gemischten Menge überhaupt miteinander zu tun?“, fragte ich erstaunt.

„Sie haben alle etwas Unterschiedliches vor, und im Allgemeinen bleiben sie in ihren eigenen Cliquen. Die heidnischen Führer schmieden Pläne, in einigen der Städte des lebenden Todes Armeen auszuheben und dann mit Gewalt die Berge zu stürmen. Die Pharisäer analysieren unterschiedliche talmudische Theorien über das Feuer und die Muslime versuchen einfach nur, sich von den Christen und Juden so weit entfernt zu halten wie möglich.“

Er hielt inne und stieß erneut einen tiefen Seufzer aus. „Die Christen unter ihnen", fuhr er dann fort, „sind extrem durcheinander. Sie sind mit der Erwartung an der Schlucht angekommen, dass ihre Vorstellung von einer Brücke auf die andere Seite in Form eines Kreuzes sich erfüllt. Die meisten sind schon etliche Male hin und her gelaufen auf der Suche nach diesem Kreuz-Übergang. Sie haben fest damit gerechnet, beim Aufwachen Engel und weiße Gewänder zu sehen, und müssen jetzt feststellen, dass sie sich am Rande einer grausigen Feuerschlucht befinden. In ihrer Fassungslosigkeit fangen einige von ihnen an, bestimmte Formeln immer und immer wieder herunterzubeten und dabei einzelne Ausdrücke und Redewendungen ein bisschen zu verändern, in der Hoffnung, dass das Kreuz auf wundersame Weise vor ihnen auftaucht, wenn sie nur die richtigen Worte sagen, und sie plötzlich auf dem Übergang sind. Doch ihre törichten Versuche sind vergeblich", fuhr er fort. „Sie haben keine Ahnung, wie wenig ihre Pläne und Gebetsrezepte der wahren Absicht und persönlichen Kraft des Opfers entsprechen, das am Kreuz erbracht wurde."

Wieder schwieg er eine Weile nachdenklich.

„Sie haben alle die irrige Vorstellung gehabt, Jesus würde die Auserwählten einfach vor der Hölle bewahren und damit wäre die Sache dann erledigt. Aber Jesus ist gekommen, um die Welt von der Sünde zu befreien und nicht nur, um uns vor der Hölle zu bewahren. Er schützt uns nicht *vor* dem Zorn des Vaters, sondern er bringt uns *zur* Liebe des Vaters hin. Aber andere", fuhr er fort und blickte mit einem Lächeln auf, während er zu den Bergen auf der anderen Seite der Schlucht schaute, „selbst unter denen, die falsch informiert waren über das, was Gott vorhat, lassen diese falschen Vorstellungen mit Freuden von einem Augenblick auf den anderen hinter sich. Tief in ihrem Inneren haben sie nämlich im Grunde schon immer gewusst, dass an dieser Lehre irgendetwas nicht stimmt. Jetzt sind sie überglücklich zu erfahren, dass Gott wirklich so gut ist, wie sie angenommen hatten. Sie sind einfach zu schüchtern gewesen, die wichtigen Fragen zu stellen, die Gott sich von ihnen gewünscht hätte. Wenn ihnen erst einmal die Augen für die Realität der reinigenden Läuterung geöffnet worden sind, lassen sie sich gerne darauf ein. Dann rufen sie Gott zu: *Mir geschehe nach deinem Wort. Reinige mich nach deinem vollkommenen Willen.* Viele spüren das Feuer dann kaum. Sie leben schon so lange im Willen des Meisters, dass kaum noch etwas zu tun geblieben ist. Trotz gewisser schrecklicher Vorstellungen, die sie im Zusammenhang mit ihren Überzeugungen hatten, haben sie sich tagtäglich am Altar der Selbstverleugnung Gott ergeben. Sie sind schon Kinder gewesen."

„Und was ist mit dir?", fragte ich. „Musstest *du* das Feuer ertragen?"

Er lächelte. „Das geht nur mich selbst etwas an", antwortete er. „Es gibt ein paar Fragen, auf die wir keine Antwort geben dürfen."

„Warum sagst du ihnen – denen dort drüben am Rande des Abgrundes – nicht auch genau das, was du mir gerade gesagt hast? Sie würden dich doch bestimmt anhören."

„Alles, was ich zu sagen habe, habe ich schon vor langer Zeit gesagt", antwortete er. „Genau so, wie auch andere, die mit ihnen über ähnliche Tatsachen und Wahrheiten gesprochen haben. Ein weiterer Versuch in dieser Richtung würde nur dazu führen, dass sie sich noch mehr hinter ihrem Unglauben verschanzen. Sie würden intellektuelle Diskussionen über die

Lehre dahinter beginnen wollen, und das ist wirklich das Allerunnützeste, wenn es darum geht, zur Wahrheit zu gelangen. Nein, ich fürchte, dass Diskussionen alles andere als hilfreich wären. Erst müssen ihnen die Augen geöffnet werden."

„Und *wie* werden sie ihnen geöffnet?", fragte ich.

„Sie selbst müssen sie öffnen. Sie müssen sich innerlich für die ewige Vaterschaft aufmachen. Bis dahin kann man nicht viel tun, fürchte ich."

„Aber du erklärst mir doch auch gerade alles."

„Weil du bereit bist, die Augen zu öffnen, und das bedeutet im Grunde, dass du dein Herz öffnest und innerlich bereit wirst. Und dir erkläre ich das alles außerdem, weil du nie die Gelegenheit gehabt hast, die wirkliche Wahrheit über Gott zu erfahren. Ich werde oft zu Menschen wie dir geschickt, um ihnen die ewigen Ziele Gottes zu erklären. Ich hätte dich zu gerne schon kennengelernt, als wir beide noch in unserem früheren Leben waren. Was hätten wir für Diskussionen führen können! Wenn ich mir deinen Weg hier anschaue, dann bin ich davon überzeugt, dass du den wahren Gott und den Vater Jesu Christi von Herzen angenommen und ihn angehört hättest, wenn du jemandem begegnet wärest, der dir das Richtige über ihn erzählt hätte."

„Ich war schrecklich überheblich", sagte ich. „Ich hoffe aber trotzdem, dass du recht hast und ich zugehört hätte."

„Vielleicht hast du dazu ja immer noch Gelegenheit. Ein paar von uns treffen sich nämlich hin und wieder zu den spannendsten Diskussionen. Aber wir kommen nicht so oft zusammen, wie wir es gern täten, denn wir haben hier alle so viel zu tun! Wenn du aber erst einmal auf der anderen Seite bist, dann hoffe ich, dass du zu uns stößt. Ich weiß, dass du für uns neue Erkenntnisse mitbringen würdest."

„Ich empfände es schon als großes Vorrecht, einfach nur zuhören zu dürfen. Wenn du sagst ein paar … ich würde doch denken, dass *jeder* gern mitmachen würde."

„Die Leute haben alle ihre ganz eigenen Interessen, auch hier. An den Diskussionen nehmen nur ein-, zweitausend teil."

„Aber das ist doch schon eine ziemlich große Gruppe", erwiderte ich. „Sie kommen bestimmt, um dich zu hören."

„Ach, normalerweise sage ich gar nicht viel. Mir liegt viel mehr daran, den anderen zuzuhören. Ich möchte keine Chance verpassen, von einem Gedanken oder einer Idee zu erfahren, die mir noch nie zuvor zu Ohren gekommen ist. Es gibt nichts Spannenderes als *das*!"

„Dann hoffe ich, dass mir das Vorrecht zuteil wird, mich dir anzuschließen und mitzumachen."

22

Die äußere Dunkelheit

Eine ganze Weile schwiegen wir beide. Der Schotte drehte sich um und schaute wieder über die Feuerschlucht zu den Bergen hinüber. Ich brach schließlich das Schweigen mit der Frage, die sich mir immer dringlicher stellte.

„Gelangt eigentlich *jeder* irgendwann zu den Hohen Bergen?", fragte ich. „Auch wenn es eine Million Jahre dauert?"

Der Schotte wurde nachdenklicher als ich ihn bisher erlebt hatte. „Ehrlich gesagt ... ich weiß es nicht", antwortete er sehr langsam. „Über dieses Rätsel denke ich schon seit Jahren nach. Eigentlich war ich mir immer ziemlich sicher, dass jeder dort hingelangt, aber du hast ja selbst gesehen, dass hier der freie Wille genauso gilt wie im früheren Leben. Seit ich hier bin, staune ich darüber, wie starrsinnig die Menschen sind. Aber Gott hat ja die ganze Ewigkeit Zeit, um sein Werk zu vollenden. Und darin liegt eine große Wahrheit – denn eine *Million* Jahre sind für ihn wie ein Augenblick. Es ist noch nicht die ganze Ewigkeit ausgelebt. Einer Sache bin ich mir jedoch ganz sicher – die Chance, dass die unendliche Liebe Gottes auch die hintersten Winkel des Universums absucht nach Rissen selbst in den härtesten Herzen, wird immer bestehen bleiben. Aber ob aus solchen Chancen etwas wird ... was letztlich dabei herauskommt ... ob manche sich auf ewig dafür entscheiden, an der Sünde festzuhalten, die in ihnen ist, statt sie abzulegen, und sie sich dadurch Aion um Aion weigern, Buße zu tun ... das weiß ich nicht."

Er lächelte, und ich konnte spüren, dass er an sein früheres Leben zurückdachte. „Damals haben mich viele als Allversöhner bezeichnet", sagte er nach einer ganzen Weile.

„Du meinst als jemanden, der glaubt, dass am Ende alle Menschen in den Himmel kommen?"

Er nickte. „Vielleicht war ich einer – ich weiß es nicht so genau. Ich mochte solche Etiketten noch nie. Aber vielleicht hat der Don recht und manche werden nie die unbedingt notwendige Entscheidung treffen."

„Ich will meine Sünde gar nicht kleinreden", sagte ich, „meinen Egoismus, mein Leugnen der Wahrheit, meinen Verrat an Gott und meine Angriffe gegen andere, aber einmal abgesehen von den Sünden des Egoismus und meinen Überzeugungen – was ist mit dem abscheulichen, barbarischen und monströsen Bösen? Was ist mit den Mördern, Vergewaltigern, Dieben, Terroristen und Kinderschändern, die schrecklichste Gräueltaten ohne die geringste Regung ihres Gewissens verübt haben … was ist mit solchen wirklich *verabscheuungswürdigen* Menschen? Ich habe mich schon hin und wieder gefragt, ob Menschen, die so etwas tun, nicht schon fast Unmenschen sind."

„Das ist mir auch schon oft durch den Kopf gegangen. Ich habe immer glauben wollen, dass in jedem Menschen ein letzter kleiner Rest von Gutem vorhanden ist, aber die Neros der Antike und die Hitlers deiner Zeit, von den unmenschlichen Grausamkeiten unzivilisierter Völker und all den Abgründen der Geschichte einmal ganz abgesehen, stellen diese Sichtweise sicherlich infrage. Die Calvinisten hatten nicht ganz unrecht, wenn sie von der Verderbtheit des Menschen sprachen. Ich weiß, dass Gott seine gesamte Schöpfung liebt, aber ich weiß einfach nicht, was *ganz am Ende* die Auswirkung dieser Liebe sein wird."

„Zu meiner Zeit war das Rätsel der Person Hitlers der Grund für eine solche Fragestellung", fuhr ich fort. „Der grausigste Aspekt daran ist ja, dass sich diese Leute für das Böse, das sie getan haben, ganz bewusst *entschieden* haben müssen, und zwar immer wieder. Das ist eine der Grundtatsachen, die ich hier erfahren habe – und zwar zuallererst über mich selbst: Alle Sünde ist selbst gewählt. Es ist schwer vorstellbar, was *er* wohl zu *solchen Menschen* bei der ersten Begegnung sagt. Glaubst du, dass es in Bezug auf Sünde Abstufungen und unterschiedliche Schweregrade gibt? Wie geht Gott mit dem absoluten, dem teuflischen Bösen um?“

„Da versuchst du eines der großen Geheimnisse in Bezug auf Gottes Absichten und das Rätsel des menschlichen Bösen zu ergründen“, antwortete er ganz langsam. „Um deine Fragen zu beantworten: Es gibt ganz sicher unterschiedlich schwere Sünden. Wir haben alle auch Böses in uns und dafür muss Buße getan werden. Aber nicht alle Sünder tun bewusst und *absichtlich* Böses. Ich glaube nicht, dass du mit deinem Atheismus *bewusst* etwas Böses beabsichtigt hast. Du warst oft nicht gerade nett zu denjenigen, die deine Überzeugungen und Standpunkte nicht geteilt oder sogar infrage gestellt haben, aber du hast nicht *bewusst* und *gezielt* Böses getan. In uns beiden ist ganz sicher Sünde gewesen, und fest steht, dass alle Sünde weg muss. Aber nicht alle Sünde kann gleichgesetzt werden mit ganz und gar selbst gewähltem, bestialischem Bösen.“

„Und was ist dann mit denen, die sich gezielt und bewusst für das Böse entscheiden, das sie denken und tun?“

„Ich glaube, dass für diejenigen, die bewusst und absichtlich grausam sind, für diejenigen, die menschliches Leben geringschätzen und das Leid, das sie anderen zugefügt haben, herunterspielen … Maleachis Feuerofen der Läuterung noch Aionen entfernt ist. Aber vielleicht bekommen die es ja mit einem ganz anderen Feuer zu tun – mit dem Feuer, das entfacht wird vom Zorn eines gerechten Gottes, der ihrer Bosheit mit einer Vergeltung begegnet, die wir kaum ermessen können. Es gibt hier auf dieser Seite ganz sicher Orte, die ich noch nie gesehen habe. Ich kann mir nur ausmalen, dass diejenigen, die dort als Begleiter eingesetzt werden, schwer gebrochene Seelen sein müssen, deren Aionen hier mit Sicherheit leidvoll gewesen sind."

„Aber damit willst du doch nicht etwa sagen … dass es *zwei* Höllen gibt, oder?"

„Das Feuer hat unterschiedliche Stufen und dient unterschiedlichen Zwecken", antwortete der Schotte. „Ob der Zorn, von dem ich spreche, lediglich ihre Vergehen gegen die Schöpfung bestraft, oder ob es die reinigende Hitze ist, die hofft, einen Funken von Leben in ihnen zu entfachen, das kann ich nicht sagen. Wenn man auf dieser Seite ist, sieht man das Gute und das Böse mehr als das, was es wirklich ist."

„Wie meinst du das? Dass hier beides wie vergrößert wirkt?"

„Nein, eher dass beides absolut klar wird in Bezug auf das Motiv und das Endergebnis."

Ich nickte.

„Manches Böse ist so abstoßend und abscheulich, dass es scheinbar nichts anderes verdient hat als das Feuer der Vergeltung … oder vielleicht sogar der Vernichtung."

„Aber damit willst du doch nicht etwa sagen, dass Gott vielleicht einige Seelen endgültig beseitigt, die nicht zur Buße bereit sind, oder?"

„Das weiß ich nicht. Es gibt Leute, die sich fragen, ob er nicht vielleicht am Ende zu einem solchen endgültigen Urteil gezwungen sein könnte."

Ich schüttelte den Kopf und versuchte, die Tragweite dieses Gedankens zu erfassen.

„Aber natürlich will Gott letztlich nicht Sünder bestrafen, sondern die Sünde vernichten – die *Sünde* vernichten und nicht die *Sünder*. Wie er das auch angesichts von so extrem schlimmem Bösen schafft, bleibt sein Geheimnis, das uns nicht offenbart wird. Wie könnte jemand wie ich das alles wohl durchschauen – mein Herz ist doch nicht annähernd so groß wie seines."

„Und sind es denn nun unterschiedliche Arten von Feuer?"

„Maleachis Feuerofen ist Gottes Werkzeug zur Läuterung derjenigen, die sich darauf vorbereitet haben. Es kann aber sein, dass sein gerechter Zorn in Form des Schwarzen Feuers der Äußersten Finsternis ausgeschüttet werden muss, um jemanden überhaupt erst dazu bereit zu machen, sich bereit zu machen. Ich rede in solchen Rätseln, weil hier von Geheimnissen die Rede ist, in die niemand Einblick hat."

„Was meinst du denn mit der Äußersten Finsternis? Ist *das* die Hölle?"

„Es ist die Hölle aller Höllen. Die Äußerste Finsternis ist vielleicht heiß durch das Feuer des Schwarzen Todes, wo erst *Strafe* erforderlich ist, bevor überhaupt das *Aufwecken* stattfinden kann. Es kann sein, dass die abscheulichsten aller Übeltäter beim Aufwachen nicht das Portal des Lichts und dann den Weg zur inneren Bereitschaft erleben, sondern das entsetzliche Feuer völliger Finsternis. Sie sind noch viele Aionen von der Bereitschaft zu einer endgültigen Läuterung entfernt. Vielleicht ist für ihre schweren Vergehen gegen Gott und die Menschen ja wirklich das Feuer des Zornes erforderlich. Bei ihnen hilft vielleicht nur die Äußerste Finsternis, wo es Heulen und Zähneklappern gibt."

„Und wie kann eine solche Bestrafung sie bereit machen für die Läuterung?"

„Meine Antwort darauf beruht nicht auf Wissen, sondern lediglich darauf, wie ich es mir vorstelle."

„Ich würde trotzdem gern hören, was du dazu zu sagen hast."

Der Schotte überlegte eine Weile.

„Wie gesagt", begann er nach einer Weile wieder, „kann ich mir nur vorstellen, wie das langsame Öffnen der Augen in der Äußersten Finsternis der tiefsten Hölle vor sich gehen könnte. Es wäre auf jeden Fall völlig anders als bei dir. So könnte es beispielsweise sein, dass eine Person, die davon betroffen ist, in dieser Art von Feuer absolut einsam und verzweifelt ist und nur sich selbst und ihre Erinnerungen an Gewesenes hat. Sie sieht dann das absolut Böse, das sie begangen hat, als das, was es war, und ihr Entsetzen über eine solche Selbsterkenntnis wäre eine sehr viel schlimmere Hölle als alle Feuerflammen."

Als er so sprach, wurde ich an Lelia erinnert. Genau das Gleiche hätte sie über ihre Jahre in der Stadt der Absonderung gesagt.

„Die inneren Qualen dieser Person würden so stark, dass sie den Tod herbeisehnen würde. Ihre Abscheu vor sich selbst wäre die schlimmste aller vorstellbaren Strafen und schrecklicher als jede denkbare Folter. Es würde absolut gar nichts zur ihr vordringen, was außerhalb ihres eigenen Bewusstseins läge. In der toten Welt der schwarzen Flammen würde sich diese Person im Gefängnis ihres eigenen, von allem anderen abgetrennten Selbst wiederfinden. Und in all der Abscheu vor sich selbst gäbe es nicht den kleinsten Lichtschimmer, dem sie sich zuwenden könnte. Und obwohl es ihr natürlich nicht bewusst wäre, würde sie sogar noch in diesem Zustand durch das Leben Gottes am Leben gehalten, und zwar wegen des schrecklichen Drangs des Schwarzen Feuers, sein Werk zu tun."

Mich schauderte.

„Mit der Zeit, vielleicht in einer Million Jahre, würde dann die Finsternis der schrecklichen Kluft zwischen der Seele und ihrer einzigen Zuflucht – der Buße – ein ganz klein wenig nachlassen. Denn Buße ist das, was Gott am meisten am Herzen liegt. Und in dieser ersten, noch schwachen Dämmerung würde diese Person dann vielleicht an jemand anderen denken als an sich selbst – vielleicht an den Menschen, dem sie das schlimmste Unrecht zugefügt hat, den sie am meisten gehasst hat, den sie am meisten verachtet hat. Vielleicht wäre es sogar jemand, dessen Blut diese Person vergossen hat. Jetzt wäre sie vielleicht froh, wenn irgendjemand, *egal wer*, bei ihr wäre, und schon allein der Gedanke an einen anderen Menschen wäre bereits eine Zuflucht vor sich selbst."

Wie gut ich das verstand. Schon mein eigener Weg zu diesem Ort hatte das Menschsein ganz neu kostbar gemacht für mich.

„Ich könnte mir also Tausende von Schritten hinaus aus der Finsternis vorstellen", fuhr der Schotte fort, „jeder in einem kleinen bisschen weniger Finsternis, ein bisschen näher zum Licht, ein bisschen näher zur Buße, ein bisschen näher zur Bereitschaft, sich vor der großen Vaterschaft zu verneigen, aus deren Schoß wir geboren sind. Vielleicht sind Tausende solcher Aionen-Schritte erforderlich, bevor so jemand auch nur in die Nähe des Punktes gelangen würde, an dem du warst, als du hier angekommen bist, bereit, den Weg zu beginnen, auf dem er seine Schuld bezahlt, um dann bereit gemacht zu werden für das reinigende Feuer. Es gibt kein Rasthaus auf halbem Wege, wo man mit der Gottlosigkeit flirten könnte. Das könnte sich als tödlich erweisen. Zum Herzen Gottes muss sich diese Person auf den Weg machen, dem einzigen Ziel der Menschheit, der Zuflucht und dem Zuhause aller."

Er hielt inne und holte einmal tief Luft. „Du musst entschuldigen", sagte er. „Meine Fantasie geht leicht mit mir durch, wenn ich versuche, mir vorzustellen, wie Gott seine Schöpfung erlöst! Aber das ist natürlich alles reine Spekulation. Alles, was wir wissen, ist erstens, dass jeder die absolute Gerechtigkeit Gottes erfahren wird, seine absolute Gnade, die er jedem Menschen zuteil werden lässt, damit jeder genau das bekommt, was er verdient, und zweitens, dass er jedes seiner Kinder liebt, das er geschaffen hat, und nie aufhören wird, sein Bestes für seine Kinder zu geben. Gott ist gut. Gottes Liebe ist unendlich. Und alles ist gut."

Und damit drehte er sich um und ging davon. Ich schaute ihm nach, bis er nicht mehr zu sehen war. Wie lange ich dort am Rande der Schlucht stand und in die Flammen starrte, die aus dem Abgrund emporloderten, weiß ich nicht. Es war wie am Krater eines Vulkans. Ich wusste, dass die Feueröffnung, vor der ich stand, mir nicht die Erleichterung des Todes bringen würde, die Erleichterung der Bewusstlosigkeit, sondern die Qualen eines größeren, umfassenderen Verstehens.

Wieder lief mein ganzes Leben vor mir ab – mein früheres Leben und das Leben, das ich erkannte, seit ich durch das Portal des Lichts hierhergekommen war. Endlich war ich vollkommen allein. Ich war allein mit meinem eigenen Willen.

Irgendwie wusste ich, dass mir keine Begleiter mehr geschickt werden würden, um mir Hilfestellung zu geben. Sie hatten ihre Arbeit getan. Ich war allein mit mir selbst und meiner Entscheidung. Ich konnte umkehren und an irgendeinen der Orte zurückgehen, an denen ich gewesen war. Ich konnte mich in jeder der Städte niederlassen, durch die ich gekommen war. Ich konnte mir dort eine Villa vorstellen, in der ich leben wollte, und sie würde vor meinen Augen entstehen. Ich wusste, dass ich höchstwahrscheinlich mit der Zeit alles vergessen würde, was ich gesehen und erlebt hatte, auch die Gespräche mit dem Schotten und mit all den anderen. Vielleicht würde ich sogar das tränenreiche Wiedersehen mit meinem Vater vergessen … bis ich mich irgendwann in ferner Zukunft vielleicht noch einmal von vorn auf einen ähnlichen Weg würde begeben müssen.

Ich schaute hinauf zu den Bergen auf der anderen Seite, die jetzt so nah waren. Was wollte ich? Wer wollte ich sein? Was wollte ich werden? Was für ein Mann wollte ich für den Rest der Ewigkeit sein? Wollte ich wirklich heil sein? War ich bereit, mich dem Schmerz auszusetzen, der erforderlich war, um die Würmer und Parasiten der Sünde, die sich in mich hineingebohrt hatten, aus den tiefsten Tiefen meines Seins herausbrennen zu lassen? Wollte ich wieder geläutert, rein, vollkommen und unfähig zur Sünde sein?

Wollte ich Gott sehen können?

Wollte ich ein Kind sein, ein reumütiger und gehorsamer Sohn? Niemand im ganzen Universum konnte diese Fragen für mich beantworten.

Ich stand ein Aion lang da … allein mit meinem freien Willen. Der Gedanke, mich in das Feuer zu stürzen, war entsetzlich – zu entsetzlich, um daran überhaupt zu denken. Dennoch erinnerte ich mich daran, was der Schotte gesagt hatte: *Das Feuer Gottes, das sein grundlegendes Wesen ist, seine Liebe, seine Schöpferkraft, ist ein Feuer, das insofern anders ist als die irdische Entsprechung dafür, dass es nur aus der Ferne brennt. Je weiter wir von ihm entfernt sind, desto schlimmer brennt es. Wenn wir uns ihm nähern, dann verwandelt sich das Brennen in Trost.*

Die Antwort war: Ja … ich wollte endlich Gottes Kind sein.

Ich holte einmal tief Luft und stürzte mich dann kopfüber in den bodenlosen Abgrund.

23

Das verzehrende Feuer

In dem Augenblick, als meine Füße den festen Boden verließen, erlebte ich beim Fall nicht Angst und Schrecken, sondern mich umfing eine große Wärme, so als schwebte ich durch eine Wolke aus Sonnenschein. Die Wärme nahm zu, und ich wusste, dass das Feuer zu brennen begonnen hatte. Es versengte meine Hände und Füße und Finger. Meine Gliedmaßen standen in Flammen, aber mein Fleisch wurde noch nicht schwarz.

Langsam wurde die Hitze intensiver … es wurde heißer und heißer, bis es sich anfühlte, als würde ich unter unerträglichen Schmerzen Zentimeter für Zentimeter bei lebendigem Leibe verbrannt. So dem lebendigen Feuer ausgeliefert, hatte ich keine Stimme, um zu schreien oder laut zu rufen. Mein Mund, meine Zunge und meine Kehle waren durch die Flammen voller Blasen. Arme, Finger und Beine waren glühend rot wie heißes Eisen. Das Feuer loderte durch meine Brust, die Lunge, das Herz, den Magen und die Eingeweide. Es erforschte und prüfte – zuckende Flammenzungen von entsetzlicher Hitze. Ich war der Baum auf dem Berg geworden, gefangen in einem wilden, tosenden Feuer. Ich hörte gequältes Aufheulen. Ob es meine eigene Stimme war oder die Stimmen anderer in meiner Nähe, kann ich nicht sagen.

In Lichtgeschwindigkeit stürzte ich weiter abwärts durch die lodernden Flammen … fiel weiter … und weiter und immer tiefer und tiefer in den Abgrund, weiter hinunter und immer weiter in die Tiefen meines eigenen Selbst, in das reinigende Feuer.

Von irgendwoher war eine gewaltige Stimme zu hören, oder wurden die Worte nur in meinen Gedanken lebendig? Irgendwie wusste ich, dass es der große alte Prophet Maleachi war, der mir, der allen, die sich für das Feuer entschieden hatten, über die Jahrhunderte, ja Jahrtausende hinweg zurief, was es bedeutete, und warum es sein musste.

Siehe, ich will meinen Boten senden, der vor mir her den Weg bereiten soll. Denn er ist wie das Feuer eines Schmelzers und wie die Lauge der Wäscher. Er wird sitzen und schmelzen und das Silber reinigen, er wird die Söhne Levi reinigen und läutern wie Gold und Silber. Dann werden sie dem Herrn Opfer bringen in Gerechtigkeit. Denn siehe, es kommt ein Tag, der brennen soll wie ein Ofen. Da werden alle Verächter und Gottlosen Stroh sein, und der kommende Tag wird sie anzünden, spricht der Herr Zebaoth, und er wird ihnen weder Wurzel noch Zweig lassen. Euch aber, die ihr meinen Namen fürchtet, soll aufgehen die Sonne der Gerechtigkeit und Heil unter ihren Flügeln. Der soll das Herz der Väter bekehren zu den Söhnen und das Herz der Söhne zu ihren Vätern.

Ich fiel und brannte und die Flammen erforschten meine Seele, dass es mir vorkam wie tausend Jahre. Wer weiß, wie lange und wie weit ich fiel. Es war ein Aion der Läuterung. Das Feuer brannte, als müsse es alles in mir ausmerzen und mich letztlich vernichten. Aber ich wurde nicht vernichtet, und ich blieb bei Bewusstsein.

Weit unten in der Tiefe begann ein lautes Geräusch zu hallen, ein rhythmisches Hämmern und Pochen. Mit jedem Pochen drang das Feuer weiter vor, schoss wie eine Druckwelle weißer Energie in meine tiefsten Tiefen. Die Flammen loderten im selben Rhythmus wie dieses Pulsieren und schickten mit jedem Pulsschlag neue sengende Flammen mit großer Wucht in mein Inneres.

Wodurch auch immer dieses hallende Pulsieren hervorgerufen wurde, es kam aus der endlosen Tiefe, in die kein Auge vordringen kann. Die Flammen arbeiteten sich weiter vor, begleitet von ungeheuren Explosionen, loderten hoch, um alles zu verzehren, was in die Grube gelangte, und ich stürzte immer noch weiter in die Tiefe der pochenden, lodernden Explosionen aus Rot und Orange.

Die glühenden Erschütterungen wurden ohrenbetäubend. Ich wusste, dass ich zur Quelle des Feuers, zum Zentrum des Vulkans, in das schlagende Herz des Universums hinabstieg. Ich wurde vom Verzehrenden Feuer verschlungen.

Und ich wurde von dem Feuer aufgenommen. Das Gefühl zu fallen hörte auf, und ich war von reinstem Licht umflutet. Das pulsierende Pochen ging weiter, jetzt jedoch ohne ein Geräusch, denn ich war in seinem Innern. Ich spürte den Widerhall im Rhythmus meines eigenen Herzens. Der Aufruhr ließ nach, und das Licht und die Energie des großen Pulsschlags nahmen mich in sich auf.

Ich schwebte durch die Stille, eine Stille äußerster Glückseligkeit, denn ich war im Zentrum des Feuers.

Worte – gewaltige Echos der Wahrheit, die ich nicht mit den Ohren hörte, sondern die in meinem Innern vibrierten wie riesige Harfensaiten, welche meinem Wesen entsprechend gestimmt waren – hallten immer und immer wieder in meinem Inneren. Eine große Stimme proklamierte die Wahrheit aller Zeiten. Und als die Stimme sprach, wurde die Zeit umgekrempelt, und ich wusste, dass ich mich im Zentrum der Schöpfung befand.

Um mich her herrschte Dunkelheit.

Ich schwebte inmitten von leerem Nichts, formlos und leer. Wieder bemerkte ich das pulsierende, pochende Echo. Das pulsierende Herz war in mir, weil ich in ihm war. Es gab nichts außer dem lebendigen Herzen, das der Ursprung aller Dinge war.

Es werde Licht!, donnerte das schweigende *Logos* in meine und in die Seele des Universums hinein.

Und dann explodierte alles weiß. Licht verschlang die Dunkelheit, und die Dunkelheit floh aus dem Universum, denn sie konnte der Macht des Lichts nicht widerstehen. Und ich war nicht nur in meiner Fantasie im Zentrum des Lichts, sondern in dem Augenblick dieses gewaltigen *Es werde* … wurde mein wahres Wesen geboren. Denn die Stimme hatte nicht nur das Licht erschaffen. Er hatte auch *mich* erschaffen, hatte in seinem ewigen Geist das Ich geschaffen, das eines Tages zum Leben kommen sollte. Von Anbeginn der Zeit an hatte er mich gekannt, weil er mein Vater war und ich aus ihm geschaffen war. Und er kannte meinen Namen, auch wenn ich selbst ihn noch nicht kannte – meinen wirklichen Namen, den nur er kannte –, denn die Essenz meines Ewigkeitswesens war in seinem Herzen verborgen gewesen bis zu dem Tag, an dem es offenbart wurde.

Und mitten aus dem Weiß kam die Gestalt eines Mannes. Doch er war mehr als ein Mann, denn er war schon immer gewesen und würde ewig sein. Er war das für das menschliche Auge sichtbar gemachte schlagende Herz, und er war eins mit der Schöpfung. Das Licht, das von ihm ausging, war so gleißend hell, dass man nicht hinschauen konnte. Ich wandte den Blick ab, sonst wäre ich bewusstlos geworden und erblindet.

Ich bin das Alpha!, hallte der große Donner puren Lichts. *Ich bin, weil ich bin, und ich werde die gesamte Schöpfung zu mir ziehen. Ich bin euer Schöpfer und euer Gott und euer Vater, und ihr sollt meine Söhne und Töchter sein, weil ihr meine Kinder seid, die ich geschaffen habe.*

Ich fiel nieder und senkte den Kopf, denn ich konnte ihn nicht ansehen.

Erwachet, erwachet alle, die ihr schlaft. Lasst die Flamme eure Seele wecken, damit sie euch nicht vernichtet. Ich werde euch läutern wie Silber und prüfen wie Gold. Ich werde euch läutern und prüfen und euch durch das Feuer reinigen. Dann werdet ihr meinen Namen anrufen, und ich werde antworten. Ich werde sagen: „Sie sind mein Volk", und alle Völker werden sich als eines erheben und bekennen: „Der Herr, unser Schöpfer und Vater ist unser Gott."

Schließlich empfand ich den Drang aufzublicken, und ich sah um mich her in alle Richtungen, so weit das Auge reichte, das gewaltige wogende Gewimmel der gesamten Menschheit, die durch die Jahrtausende marschierte von der Antike bis in die Moderne … Männer, Frauen und Kinder … Nomaden und Städter … Höhlenmenschen und Jäger und Sammler … Araber und Juden und Weiße und Schwarze und Braune und Rote, Eskimos und Römer und Amerikaner und Griechen und Inder und Kelten und Teutonen und Angelsachsen und Orientalen … Reiche und Arme, Freundliche und Grausame, Herren und Sklaven, Intellektuelle und Ignoranten, diejenigen, die im Elend lebten, neben denen, die im Luxus schwelgten, Herrscher und Bauern, Könige und Leibeigene.

Und ich sah in ihre Herzen, denn ich hatte den Blick geschenkt bekommen, mit dem ich in den Geist und die Seele von jedem, der jemals gelebt hatte, hineinschauen konnte. Und ich war überwältigt von dem Guten im Kern der Menschheit. Aber ich war auch verzweifelt über die Grausamkeit und die Habgier und den Neid und den Egoismus, die tief an der Seite des Guten lagen, denn sie verdarben das Gute und sorgten dafür, dass sich Brüder gegeneinander wendeten und Mütter gegen ihre Töchter und Söhne gegen ihre Väter. Und ich sah

Grausamkeit und Selbstsucht und Gemeinheit und Verdorbenheit und Krankheit und Nachbarn, die das Blut ihrer Nachbarn vergossen. Und Kriege wüteten zwischen den Völkern, und es schien, als würde der Tod das Leben selbst verzehren wegen des Bösen und der Grausamkeit des Menschen, und als würde sich die Habgier erheben und alles beherrschen, indem sie immer noch mehr haben wollte, als sie schon hatte.

Dennoch wogten die wimmelnden Völker der Menschheit durch die Aionen, weiter, immer weiter vorwärts, sich auf dem Fortschritt der Vergangenheit zu immer neuen Höhen emporschwingend. Aber mit dem Fortschritt wurde die gewaltige Masse der Menschheit immer blinder und tauber, denn die Stimme, die über allem und in allem war, schwieg. Sie konnten ihr leises Flüstern nicht mehr hören, das sie daran erinnerte, woher sie kamen und welchen Ursprung ihr Leben hatte. Keiner kannte mehr seinen eigenen Namen oder den Namen des *Ich bin*, denn ihre Sünde hatte ihre Herzen verhärtet und ihren Verstand abstumpfen lassen.

Ich schaute mich um und suchte nach dem Mann des Lichts, aber ich konnte ihn nicht finden. Als ich sicher war, völlig verzweifeln zu müssen über die Lage der Menschheit, kam wieder die große Stimme. Endlich sah ich, wie die Köpfe der Menschenflut sich umwandten und aufblickten, denn ihre Ohren hatten begonnen zu hören. Und endlich lauschten sie der Stimme.

Ich bin das Alpha und das Omega, das Licht und das Leben, euer Schöpfer und Vater, donnerte die Stimme. *Ihr seid meine Kinder. Ihr müsst meine Söhne und Töchter werden. Steht auf, werdet wach und lebt, und ich werde die Schleusen des Himmels öffnen und so viel Segen über euch ausgießen, dass nicht einmal die gesamte Schöpfung ihn aufnehmen kann. Denn ich werde euer Gott sein, und ihr werdet mein Volk sein.*

Ich wandte mich ab und wusste nicht, ob die Menschenmenge, die ich gesehen hatte, mit mir in dieselbe Richtung ging. Ich wusste nur, dass ich weitergehen musste und nicht zurückblicken durfte.

Und dann kam das Feuer wieder über mich.

Als ich jetzt ging, war mein ganzes Wesen weiß glühend wie der Stamm und die Äste des brennenden Baumes. Ich ging an einem großen Fluss entlang, der glühend rot war wie alles um mich her, voll flüssigem Feuer. Der Fluss mündete in einen endlos weiten rot flammenden See. Feuerflammen flackerten von seiner Oberfläche aufwärts und schickten himmelhohe hell leuchtende Blitze von Rot und Orange empor.

Ich blickte in die Ferne, von wo der Fluss kam, der zu meinen Füßen floss. Welten entfernt, so als werfe ich einen Blick zurück zum Anbeginn der Zeit, erhob sich das blendende Rot eines großen Herzens aus Feuer, eine gewaltige Sonne, die über dem Horizont stand und Lichtflammen in alle Richtungen schoss. Es war ein lebendiges Herz, das mit einem donnernd-stillen Echo schlug.

Quer über dem Herzen prangten die Buchstaben A-B-B-A, und von dem Herzen aus ergoss sich eine Flut von Blut aus der tödlichen Wunde von einem unsichtbaren Schwert. Doch der Stich hatte das Abba-Herz nicht getötet. In der Qual seines Selbstopfers wurde es mit noch größerer Macht wieder zum Leben erweckt. Denn das Herz schlug mit dem Leben, das jeden Menschen erfüllt. Während das Blut daraus hervorströmte, wurde das Herz immer wieder aus seinem eigenen Tod heraus erneuert. Es konnte nicht sterben, denn es war das Leben selbst. In seinem Tod wurde das Leben der Welt geboren.

Der Strom lebensspendenden Bluts ergoss sich aus der Wunde des Lebens und speiste den Feuerfluss, der durch die Aionen hindurch zu mir floss und in den See neben mir mündete.

Und ich wusste, dass ich das große Leben spendende Herz des Vaters und des Sohnes sah, deren Liebe gemeinsam die Welt erschaffen hatte und deren gemeinsames Opfer sie erlöste. Sie erlösten mich und gaben mir die Kraft, mein eigenes Opfer mit dem ihren zu vereinen, damit ich eins mit ihnen würde, so wie sie eins waren.

Es waren viele um mich her, Männer und Frauen. Manche warfen sich in den Fluss, so wie ich mich oben in den Abgrund gestürzt hatte, um durch das Opfer gereinigt zu werden und geläutert durch das Feuer. Auf ihren Gesichtern war nicht Qual zu sehen, sondern Staunen. Ihre Körper waren aus Gold, und der Feuersee konnte ihnen nichts anhaben. Und Tausende sprangen in den See und stiegen dann wieder daraus hervor.

Von irgendwoher kamen Stimmen. Es war nicht die eine Stimme, sondern die Stimmen der himmlischen Heerscharen. Und sie sangen alle zusammen: *Alle, ohne jede Ausnahme, wurden entsprechend ihrer Taten gerichtet. Der Tod und das ganze Totenreich wurden in den See aus Feuer geworfen. Und alle, deren Namen nicht im Buch des Lebens aufgeschrieben waren, wurden ebenfalls in den Feuersee geworfen.*

Und dann kam von oben das Rauschen eines gewaltigen Windes. Ein großer Meteor, riesig wie der Mond, verschlang die glühenden Flammen, kam aus dem Himmel geschossen, stürzte mit einer gewaltigen Explosion in den Feuersee und verschwand in der Tiefe.

Wieder sprach die Stimme des Einen, die Stimme des Lichts und des *Logos*, unheilvoll und mächtig, gebieterisch und richtend. Und das Wort sagte: *Die Hölle dort unten ist aufgewühlt, dich aufzunehmen, wenn du kommst. Deine Größe wird jetzt zu deinem eigenen Grab. Wie du aus dem Himmel gefallen bist, Luzifer, Sohn des Morgens! In deinem Herzen hast du gesagt: „Ich werde in den Himmel aufsteigen. Ich werde mich selbst zum Allerhöchsten machen." Aber du wirst hinunter in die Hölle fahren, in die Tiefen der Grube.*

Immer noch ging die Menschenmenge am Fluss aus Feuer und Blut entlang. Von jedem von ihnen stieg weiße Asche auf, die dann verschwand. Eine tote Erinnung dessen, was ihnen ausgebrannt worden war. Wieder spürte ich die züngelnden Feuerflammen, die mein Innerstes erforschten. Immer tiefer und tiefer brannten sie sich in mein Wesen hinein, trennten die Knochen vom Mark, trennten das Wesentliche von mir von der Sünde in meinem innersten Kern.

Ich musste meine Sünde ein für alle Mal und für immer zum Tode bringen. Ich musste alles, was mir lieb und teuer war, ja mein ganzes Selbst, loslassen. Ich konnte nicht sterben, ich musste *werden*, damit ich *sein* konnte ... und *leben*.

Ich spürte, wie vieles in meinem Innern nachgab und sich löste, wie ich von allem geleert wurde, außer von dem, was im Licht geboren worden war. Immer, wenn wieder etwas sich löste, verspürte ich einen Stich wie von einem weiß glühenden Messer, das mir tief in die Brust gestoßen und dann wieder herausgezogen wurde. Tausende Befreiungen waren es, von denen jede Einzelne von einem solchen Stich begleitet war, und nach jedem dieser Stiche flog ein kleines weißes Aschestückchen aufwärts und davon. Über mir schwebte schon bald eine weiße

Wolke aus der Asche verbrannter Parasiten der Sünde – ein für alle Mal fort von mir.

Aber das Feuer erforschte mich noch weiter. Tiefer und immer tiefer griff der Tod in mein Inneres hinein, damit das Ewige hervorkommen konnte. Es kamen wieder Träume und bedrängten meine Gedanken mit Trugbildern von Erinnerungen.

Es begann zu regnen. Riesige Tropfen fielen herunter und zischten, wenn Wasser auf Feuer traf, wenn es auf dem Wasser landete und auf den rot glühenden Menschen. Aber der Regen und das Feuer waren eins und hatten denselben Ursprung.

Schicht um Schicht der verborgensten Plagen meiner Sünde schwebte davon, weggebrannt wie Zwiebelhäute um mein inneres Selbst. Ich erinnerte mich an die Worte des Schotten: *Er wird jedem Menschen das geben, was richtig ist, selbst wenn es durch das Mittel schrecklichen Leids geschieht, das von der Liebe des Vaters nicht gescheut wird, sondern das er eifrig einsetzt um ihretwillen, damit er ihnen alles geben kann, was in seinem Herzen ist.*

Und ich wusste, dass Gott in seinem Herzen jeden Schmerz, den ich empfand, ebenfalls spürte. Er liebte mich als ein Vater, der mich im Licht der Schöpfung geboren hatte. Ich war sein Sohn! Wie sollte er da nicht mit mir leiden? Wieder hörte ich das Echo des rhythmischen Pulsierens über allem und in allem und durch alles. Das Innere seines Großen Herzens war überall.

Und ich wusste, dass der Regen, der fiel, seine Tränen waren. Er litt mit seiner Welt mit, während ihre Sünde aus dem Universum ausgemerzt wurde.

Ich hörte zu. Weit weg – wie im Innern einer Stille, die zu intensiv war für Geräusche – hörte ich die klaren, jubelnden Harfen vieler Engel.

Und dann, mitten in dem Regen und dem Feuer und der Musik, hörte ich den Schotten das ewige Lied der Schöpfung singen. Die Worte, die mein ganzes Sein erfüllten, waren seine Worte, die vor langer Zeit gesprochen worden waren, die aber zeitlos waren und in jeder Generation aufs Neue gesungen wurden: *Hört den Herold der Sonne der Gerechtigkeit, die aufgeht mit Heilung unter ihren Flügeln, den Wind der Morgenröte, der leise ein Nahen verkündet! Er kommt durch den feierlichen aionischen Marsch durch die Vergangenheit, ewigkeitsschwanger zieht er herauf, um alles Gute und Schöne hundertfach wiederherzustellen.*

Der Regen, der fiel, benetzte mir jetzt unaussprechlich tröstlich das Gesicht, denn es war der erfrischende Regen eines neuen Frühlingsanfangs. Und die Qualen des Feuers verwandelten sich in Trost.

Liebe besaß mich. Liebe war mein Leben. Liebe war für mich genauso wie für den, der mich geschaffen hatte, alles in allem.

Ich war mir der Freude darüber bewusst, dass ich lebte und wusste, dass ich gesegnet war – gesegneter als ich es verdient hatte und mir vorstellen konnte. Der sanfte Regen der Tränen Gottes beruhigte jede Sorge, löste jedes Leid auf und tröstete in jedem Schmerz. Aller Kummer wurde vom Leben geschluckt. Ich hatte Frieden.

Das Pochen des großen Herzens trat in meine Seele ein, denn ich war eins mit ihm. Es pulste als Echo der Saiten meines eigenen Herzens, denn ich war endlich nach Hause gekommen, ins Herz des Vaters, ins Herz dessen, der mich als seinen Sohn geschaffen hatte.

24

Das Alabasterherz

Vor mir sah ich eine große weiße Kugel – eine weiße Sonne von fantastischer Größe, die am Horizont der Erde aufging. Es war anscheinend dieselbe Lichtkugel, durch die ich am Beginn meines Pilgerweges gekommen war.

Als ich sie jetzt anschaute, wusste ich, dass es tatsächlich dasselbe Licht war, obwohl es jetzt verwandelt war und einen anderen Zweck hatte. Als ich vom Gelben Wald der Entscheidung zurückgeschaut hatte, war mir in der Mitte der Kugel das Portal aufgefallen, aber jetzt sah ich in ihrer Mitte eine andere Tür, ein neues Portal des Lichts, das ins Jenseits führte.

Aus seiner Mitte ragte ein Kreuz, und zwar genau das Kreuz, dem ich auf dem Hügel des Verrats begegnet war, wo ich seine Hände auf das Holz genagelt hatte. Aus dem Kreuz meines Verrats war das Kreuz meiner Errettung geworden. Ich wusste, dass mein Weg durch es hindurchführte. Ich wusste, dass ich mich ein letztes Mal dem Verzehrenden Feuer überlassen musste, damit ich eins wurde mit dem Einen, der an jenem Kreuz sein Leben gelassen hat, damit die Welt die Tür zum Herzen des Vaters sehen kann.

Mit zögerndem Schritt richtete ich meinen Blick auf das blendende Licht und ging darauf zu.

Wieder stiegen Flammen auf und loderten heiß und mit den Stimmen einer großen Menge von Sprachen. Der Regen hatte jetzt aufgehört. Das Portal mit dem Kreuz in der Mitte wurde groß, so als wolle es die gesamte Erde in sich hineinziehen. Stimmen des Lobpreises schwollen an und flüsterten dann leise wie Engelatem. Ich hörte jede Sprache der Erde und auch Sprachen, die nicht irdisch waren.

Während um mich her und an mir die Flammen wüteten, ging ich mitten in den Wirbel des Feuers hinein. Mein gesamtes Sein zerbarst erneut zu bebenden Flammen. Das Pochen des Großen Herzens grollte mit mächtigen Donnerschlägen voller Macht.

Wieder hörte ich das ewige Lied: *Es kommt etwas, das mehr ist als die Sonne, größer als das Licht.* Wieder gelangte ich in das Innere davon! *Worauf es heute oder morgen oder in zehntausend Jahren für das Leben selbst, für die Liebe selbst ankommt! Er kommt, die Verkörperung des ewigen Opfers des Vaters für seine Kinder, und alle Menschen erheben ihre Augen, um ihn kommen zu sehen, und jedes Knie beugt sich in Ehrfurcht und Anbetung.*

Ich fiel auf die Knie. Und ich lobte und pries ihn und betete ihn an.

Und jede Zunge, einschließlich meiner, verkündete laut: *Jesus Christus ist der Herr, die Herrlichkeit Gottes des Vaters!*

Der Orkan pulsierenden Donners stieg in große Höhe empor, und allmählich merkte ich, dass aus dem ohrenbetäubenden Lärm ein Singen geworden war. Viele Stimmen hatten sich dem Schotten angeschlossen in der Erkennungsmelodie der Schöpfung.

Ich stand auf und ging den restlichen Weg durch das Portal. Das Kreuz verschwand. Der Mann des Lichts kam auf mich zu, und er hatte zur Begrüßung die Arme weit geöffnet.

Ich kannte ihn, und ich hatte keine Angst.

Plötzlich tauchte jemand an meiner Seite auf. Ich drehte mich um, und obwohl sie sich sehr verändert hatte, erkannte ich sie sofort, denn ich sah in sie hinein, und ich wusste, als wer sie geschaffen gewesen war und wer sie hatte werden sollen.

„Lelia!", rief ich aus. „Du leuchtest ja!"

„Da siehst du, was er aus mir gemacht hat", antwortete sie mit einem bescheidenen Lächeln. „Er *liebt* mich. Ich kann es immer noch nicht fassen. Wieso sollte er eine wie mich lieben? Du hast dich aber auch sehr verändert. Ich sehe dir an, dass du auch ein Kind geworden bist."

„Woher kommst du?", fragte ich

„Ich bin durch das Feuer am Fluss entlanggekommen und durch die Tür dort hinten."

Es war keine Zeit, über ihre Worte nachzudenken, denn Er wartete auf uns. Das Feuer war verschwunden, und wir standen in Licht getaucht da.

Lelia rannte zu ihm hin und fiel zu seinen Füßen nieder.

„Willkommen zu Hause!", sagte er mit einem Lächeln zu ihr, beugte sich herab und legte ihr sanft die eine Hand auf den Kopf.

Vor Freude weinend begann sie, ihm mit ihren Tränen die Füße zu waschen und diese dann mit ihrem langen Haar abzutrocknen. Plötzlich lag der Duft von Parfüm in der Luft. Es war der Duft von Rosen und Geißblatt und Orangenblüten und Gardenien und Hyazinthen und Jasmin und Seidenbast und frischer Luft an einem Morgen in den Bergen. Während Lelia zu seinen Füßen weinte, trat ich näher heran, und er umarmte mich. Seine Hände waren makellos. Ich wusste, dass die Sünde meines Verrats, dass meine gesamte Sünde weggebrannt worden war. Es war, als hätte es sie nie gegeben. Die Vergebung war wirklich total. Und ich weinte an seiner Schulter, denn ich wusste, dass seine Umarmung gleichzeitig die eines Bruders und eines Erlösers war.

„Was ist das für ein herrlicher Duft?", fragte ich flüsternd.

„Es ist Parfüm aus Tränen der Reue", antwortete er. „Denn meine Tochter, die verloren war, ist wiedergefunden worden. Ihr innerer Quell, der jetzt gereinigt und weiß wie Alabaster ist,

ist aufgebrochen, und jetzt strömt der Balsam der Vergebung daraus hervor. Der Himmel freut sich darüber, sie zu Hause zu begrüßen. Genauso, wie er sich auch über dich freut."

Ich trat zurück und sagte: „Ich glaube, ich bin jetzt bereit, dir das zu geben, worum du mich gebeten hast, als du mir zum ersten Mal begegnet bist", sagte ich. „Damals hatte ich dir nichts zu geben, weil ich mein ganzes Leben lang geglaubt habe, ich wäre jemand. Ich habe dir immer noch nichts zu geben. Aber was ich bin, das gebe ich dir jetzt. Ich gebe dir mich … ganz."

„Du sollst es deinem Vater und meinem Vater geben", entgegnete er. „Du bist jetzt in seinem Land. Dein Geschenk wird ihm gefallen, denn es ist im Feuer des Schmelzers gereinigt worden, und es ist aus reinem Gold."

Er beugte sich zu Lelia hinunter, legte ihr behutsam die Hand auf die Schulter und sagte: „Steh auf, meine Tochter. Du hast auch ein Geschenk, das du unserem Gott geben willst. Es ist ein Herz, das durch Tränen und Flammen und Opfer rein geworden ist."

Strahlend stand Lelia auf. Der Mann des Lichts drehte sich um und ging davon, mit dem Atheisten auf der einen und der Prostituierten auf der anderen Seite. Erst jetzt bemerkte ich, dass Lelia und ich weiße Gewänder trugen. Als das Licht zu verblassen begann, erkannte ich, dass wir in den Bergen waren. Überall um uns her waren Berggipfel und Bäume. Wasserfälle, Bäche und Flüsse kamen steile Abhänge heruntergeströmt. Die Luft war klar und warm und frisch und von Gesang erfüllt, von den Stimmen einer großen Wolke von Zeugen.

Ein mächtiger Fluss strömte von dem Berggipfel über uns herunter zum Fuß des Berges und färbte seine Ufer in einem durchscheinenden Smaragdgrün – der Farbe des Lebens. Er floss nicht über Fels oder Sand, sondern über Gras, in dem Primeln und Gänseblümchen blühten, Krokusse und Narzissen, Ehrenpreis und Anemonen, eine sternenklare Vielzahl, die durch das glitzernde Wasser zu sehen war.

Als ich nach oben sah, konnte ich schwach die untersten Stufen einer großen Treppe erkennen, die über dem Berg in einer Wolke reinen Lichts verschwand. Über den Stufen sah ich, aber nur mit meinem geistigen Auge, einen prachtvollen alten Stuhl stehen, den Thron der alten Zeiten. Über und unter und zwischen den Stufen quoll unablässig aufs Neue das Wasser des Lebens heraus.

Das Singen wurde lauter und erfüllte die Luft mit dem Duft eines Liedes über das Zerbrechen des Alabasterherzens. *Hosianna, Hosianna, Hosianna dem Höchsten! Die Verlorenen sind gefunden. Es sind wieder ein Sohn und eine Tochter nach Hause zurückgekehrt. Halleluja, Halleluja.*

25

Der weiße Stein

Als wir den Hang zur Quelle des rauschenden Smaragdflusses hinaufgingen, schlossen sich uns aus allen Richtungen große Menschenmassen an. Von überallher stiegen sie die Berge hinauf, aus jeder Richtung, aus jedem Land. Sie kamen aus allen Rassen und allen Bekenntnissen. Die Wahrheit war nicht mehr zersplittert in menschliche Unterteilungen, sondern sie war eins, so wie alle Dinge eins waren, und der Mann des Lichts wurde von allen als Verkörperung jeder Wahrheit bejubelt und gepriesen.

Ich hatte keine Ahnung, ob all die Menschen durch das Portal gekommen waren oder am Feuerfluss entlang, oder ob es noch andere Portale und andere Flüsse gab, die in die Höchsten Höhen führten. Aber alle waren in weiße Gewänder gekleidet, und ihre Stimmen waren in wohlklingendem Gesang vereint. Und jedes Gesicht strahlte vor Freude.

Das Lied der Menschenmenge stieg in den Himmel empor und verband sich mit aller Musik, die je geschrieben worden war, und aller Musik, die je gesungen oder gespielt worden war, und aller Musik, die sich jemals jemand vorgestellt hatte. Beim Singen weinten manche und andere tanzten und alle staunten mit großen Augen über die Herrlichkeit um uns herum, denn es war gleichzeitig die Musik der Herzen und die Musik der Sphären. Alle Musik, die es jemals gegeben hatte, gipfelte in dem Lied des Einen, der auf dem Thron saß.

Plötzlich sah ich vor mir meine Frau!

Ich konnte meine Freude nicht zurückhalten und rannte zu ihr hin. Sie strahlte, als wir uns umarmten. Neben ihr begrüßte ich meine Kinder unter Tränen und Liebesbekundungen. Ich erkannte sie als meine Kinder wieder, aber sie waren keine Kinder mehr. Merkwürdigerweise waren wir alle im gleichen

Alter. Sie hatten ihr Leben gelebt und waren am Ende dieses Lebens hierhergekommen. Es war unmöglich, genau zu sagen, wie alt sie waren, denn es gab keine äußerlichen Anzeichen dafür. Obwohl wir Körper hatten, hielt ich kaum inne, um darüber nachzudenken, ob es physische Körper waren. Alles Sehen, die gesamte Wahrnehmung war jetzt innerlich. Wir betrachteten einander so, wie wir waren, wie wir geworden waren. Wir sahen nicht mehr die äußere Bekleidung des unvollständigen Werdens. Wir hatten das Alter der Aionen, und das reichte.

„Aber woher seid ihr alle gekommen?“, rief ich aus. „Wie lange seid ihr schon hier?“

„Ich bin schon ein paar Aionen da“, antwortete meine Frau. „Ich habe unglaubliche Dinge erlebt und kann gar nicht erwarten, dir alles zu erzählen.“

„Ich bin von da drüben gekommen, Papa“, sagte einer meiner Söhne. „Schau mal – schau, dort drüben ... zwischen den beiden Bergen. Ich hatte den Berg da gerade überquert, oder besser gesagt, war *hindurch* gelangt und hatte angefangen, den Abhang hinaufzusteigen ... und dann habe ich dich und Mama gesehen!“

„Seid ihr alle ...“, setzte ich an.

Aber ich sprach nicht weiter, denn ich erinnerte mich daran, was der Schotte über Fragen gesagt hatte, die aufs Vergleichen abzielten. Plötzlich sah ich hinter ihnen in einer Menschenmasse von Millionen – oder waren es Milliarden? – von Menschen meine Eltern den Hang herunter auf mich zu kommen. Ich wusste, dass sie auf mich gewartet hatten. Irgendwie wusste ich aber auch, dass sie wahrscheinlich erst vor Kurzem angekommen waren. Dies war kein Land, in dem *davor* oder *danach* oder irgendeine andere Maßeinheit eine Rolle spielten. Dies war ganz einfach das Land der Aionen.

Die beiden kamen auf mich zugerannt, und wir fielen uns in die Arme. Es gab so viel zu sagen!

Aber als ich ihnen in die Augen schaute und sie mir in meine, da wusste ich, dass unsere Herzen schon alles gesagt hatten, und alles war gut. Im Land des Lichts gab es keinen Kummer, nichts zu bereuen und nichts, was unerfüllt geblieben war. Alle Unvollständigkeit war auf der anderen Seite geblieben. Hier war nur Liebe. Alle unvollendeten Kreise hatten sich geschlossen.

Aus allen Richtungen kamen jetzt immer mehr Menschen, um mich zu begrüßen. Ich erkannte meine Großeltern … und meine Urgroßeltern und ein Heer von Vorfahren und Freunden. Wir waren alle alterslos, weil hier Aionen galten, und das hatte uns verändert. Wir hatten jetzt das Alter der Zeitalter. Und während sie mich begrüßten, begrüßten sie auch einander, und es fanden Tausende von Wiedersehen gleichzeitig statt. Und ich sah alle, die ich auf der anderen Seite der Schlucht getroffen hatte – den englischen Naturwissenschaftler, das junge chinesische Genie, die Frau aus dem Zug, den Pastor und seine Familie, den Christen aus der Diskussion am College, Judas Ischariot und noch viele mehr – und alle strahlten, denn alle waren durchgekommen.

Ich ließ meinen Blick schweifen, wandte mich dabei auch vom Berg ab und schaute in die Richtung, aus der ich gekommen war. Ich rechnete damit, dort die Ebene zu sehen, die ich durchquert hatte, und vielleicht sogar die Feuergrube, aber alles war verschwunden. In alle Richtungen breiteten sich Täler und Wiesen und Flüsse und Hügel und Wälder und noch mehr

Berge und Meere und Seen aus. Endlos erstreckten sie sich vor mir. Die Landschaft war irgendwie *weiter* und *wirklicher* und schöner als alles, was es auf der Erde jemals gegeben hatte. Es war, als ob meine Augen zwei Zwillingsteleskope geworden waren und ich unendlich sehen konnte.

In weiter Ferne erkannte ich das schimmernde Wasser eines großen Meeres, und als ich weiterschaute, sah ich dahinter, auf der anderen Seite des Meeres, einen riesigen Felsen, ja fast einen kleinen Berg, der daraus hervorragte. Ich schnappte vor Staunen nach Luft, als ich erkannte, dass es der Felsen von Gibraltar war. Zur Rechten und zur Linken sah ich jetzt die Umrisse der Küstenlinien von Spanien und England und Nordafrika.

Ich wirbelte herum und schaute in entgegengesetzter Richtung in die Ferne. Dort waren Nordamerika … und Südamerika!

Staunend sah ich überall Ozeane und Inseln und Kontinente und alle Länder der Erde. In jeder Richtung sah ich Erweiterungen der Hohen Berge dieses neuen Landes der ewigen Höchsten Höhen. Die ganze Erde war hier, denn es war eine neue Erde … erinnernd an die alte, aber mehr als die alte; es war die Vollkommenheit, von der alles bis dahin Gewesene nur ein schwacher Abglanz war.

Während ich noch Mühe hatte, das alles zu erfassen, hörte ich hinter mir vertraute Stimmen. Ich drehte mich um und sah den Schotten und den Professor, die offenbar gerade in ein Gespräch vertieft gewesen waren, denn der Schotte lachte schallend. Das rötliche Gesicht des Dons neben ihm drückte Zufriedenheit aus für die geistreiche Bemerkung, durch die die Lachsalve des anderen offenbar ausgelöst worden war. Die beiden kamen auf mich zu und begrüßten mich herzlich.

„Es ist alles ein bisschen zu viel, um es zu begreifen, was?", fragte der Don mit einem Lächeln.

„Ja!", lachte ich. „Aber es ist einfach wundervoll. Alles ist so … luftig und hell und intensiv."

„Das ist es … aber komm", sagte der Schotte. „Wir sollen dich die Treppe hinaufbegleiten zu dem Ort, wo du deinen Namen bekommst."

„Bei all dem, was passiert ist, habe ich das beinahe vergessen", sagte ich. „Ich habe davon gehört, aber das ist schon sehr lange her."

„Alle, die durch das Feuer kommen, erhalten einen weißen Stein mit ihrem neuen Namen darauf, und du bist jetzt so weit, deinen zu bekommen."

„Einen weißen Stein, sagst du?"

„Auf den der Name geschrieben ist, den der Vater dir schon vor Entstehung der Welt zugedacht hat, als er dich in seinen Gedanken erschuf. Der Name verkörpert den Kern dessen, was er über dich denkt, was er immer über dich gedacht hat. Endlich bist du in der Lage, deinen Namen auch auszufüllen, denn du bist alles, was der Name bedeutet. Er ist die Blüte und Vollendung deiner Persönlichkeit. Du bist jetzt dein Name *geworden.*"

In Begleitung der beiden Männer, meiner Frau, unserer Kinder und meiner Eltern drehten wir uns um und stiegen immer weiter hinauf in die Berge zu der großen Treppe neben dem Smaragdfluss. Und überall um uns her waren Musik und Gesang, denn wir gingen gemeinsam, um die Namen zu bekommen, die Gott für uns in seinem Herzen hatte.

Und ich hörte eine laute Stimme vom Thron über uns, die sagte: *Jetzt wohnt Gott bei den Menschen, und sie werden sein*

Volk sein und Gott selbst wird ihr Gott sein. Er wird ihnen alle Tränen abwischen. Es wird in Ewigkeit kein Tod und kein Klagen mehr sein, denn das Aion der Ewigkeit ist angebrochen.

Schlusswort von Michael Phillips

Jedes Buch hat Wurzeln und Ursprünge, die nicht mehr zurückzuverfolgen sind. Das gilt wahrscheinlich für fiktionales Schreiben noch mehr als für jedes andere Genre. Alles, was man gelesen hat, was man denkt und empfindet, Träume und Tagträume, Bilder und Sehnsüchte, Hoffnungen und Ängste ... alles, was einen als Person ausmacht, purzelt und wirbelt in der Fantasie durcheinander, um *neue* Bilder und Geschichten und Träume zu erschaffen, die dann in das Geschriebene einfließen.

Die Wurzeln dieses Buches liegen ganz sicher weit zurück – mindestens 40 Jahre –, in meiner eigenen Fantasie und in drei Fantasiegeschichten meiner beiden literarischen Mentoren, und zwar George MacDonalds *Phantastes* und *Lilith* und C. S. Lewis' *Die große Scheidung.* Ein paar Bilder von den Hohen Bergen und den Smaragdwassern begannen in meinen Gedanken zu verschmelzen mit der Veröffentlichung von *A God to Call Father* (Tyndale House 1994). Das setzte sich fort in meiner ersten Geschichte über das Leben nach dem Tod *The Garden at the Edge of Beyond* (Bethany House 1998).

Und jetzt, 15 Jahre später, profitiere ich wieder von diesen beiden großen Männern aus der Vergangenheit, indem ich gelegentlich ein paar ihrer Worte und Bilder ausborge – wie beispielsweise das Spinnradlied und Curdie neben dem Rosenfeuer sowie Lewis' Auswirkung der Entscheidung als zentrale Angelegenheit des Einzelnen, um nur zwei Beispiele zu nennen. Und ich versuche, genau wie sie es taten, mit meiner Fantasie einen Blick in die ferne Zukunft von Gottes ewigen Zielen zu werfen. MacDonalds Beiträge zu meiner Geschichte sind allgegenwärtig. Manches, was „der Schotte" sagt, ist seinen Predigten entnommen: *Das Verzehrende Feuer, Erlösung von der Sünde, Der*

Letzte Heller und *Gerechtigkeit,* sowie auch ein paar Zitate aus *Lilith* – solche Abschnitte stammen, genau wie das ewige Lied des Schotten und die Beschreibung des Smaragdflusses und die Treppe auf den Berg, aus den letzten Kapiteln.

Ich muss auch Lewis' Warnung wiederholen, und zwar aufs Eindringlichste. Das geht am besten, indem ich aus seinem Vorwort zu *Die große Scheidung* zitiere: „Ich bitte meine Leser zu bedenken, dass dies Fantasie ist. Aber die jenseitigen Zustände sind nichts weiter als eine Annahme der Einbildungskraft. Sie sind nicht einmal eine Vermutung oder Spekulation über das, was uns tatsächlich erwartet. Nichts möchte ich weniger ermutigen als eine auf Tatsachen und Einzelheiten des Jenseits gerichtete Neugier."

Ich würde Lewis' Warnung nicht wiederholen und die Geschichte einfach für sich stehen lassen, so wie es auch MacDonald mit seinen getan hat, gäbe es nicht diese übertriebene Neigung einiger Leser, viel zu viel in das hineinzulesen, was als Fiktion gedacht ist. Es gibt seit einigen Jahren den verstörenden Trend, erdachte Geschichten über künftige Ereignisse so zu lesen, als skizzierten sie tatsächliche prophetische Vorhersagen. Ich würde deshalb auch den Lesern eindringlich raten, diese Geschichte nicht zu sehr zu füllen oder zu viel Dogmatisches hineinzuinterpretieren. So wie Lewis würde ich nicht einmal eine Vermutung anstellen oder eine Spekulation darüber wagen, was uns dort wirklich erwartet. Aber einer Sache bin ich mir sicher – Gottes Liebe und sein ewiger Plan sind unendlich viel tiefgreifender und wunderbarer, als wir es uns in unseren schönsten Hoffnungen vorstellen könnten.

Damit will ich nicht sagen, dass ich mit meiner Geschichte *nur* unterhalten will. Ich hoffe, dass sie doch etwas mehr ist als Unterhaltung, genauso wie auch Lewis es für sich deutlich macht. Ich habe versucht, Möglichkeiten darzulegen, was Gott vielleicht in der Ewigkeit erwirken will, aber nicht, um auf irgendeine Weise vorherzusagen, *wie* er wirkt, um diese Ziele zu erreichen. Wenn diese Geschichte Türen öffnen kann für neue und weitere Gedanken über Gott und sein Wesen und Handeln, dann würde ich mich glücklich schätzen. Dieses Buch jedoch als Lehrabhandlung zu lesen, wäre ein Fehler.

Und noch ein letzter Gedanke über ein Christentum, das bereit ist, mutig zu denken: Es gibt in den theologischen Traditionen viele gut ausgebildete und gelehrte Menschen, denen es schwerfällt, über die Grenzen der Lehre ihrer konkreten Tradition hinaus zu denken. Ein großer Teil der christlichen Welt ist immer noch von Angst und Kleinmut beherrscht. Es gibt aber genauso viele Menschen, die ganz heimlich, leise und meistens auch unsichtbar lernen, sich von solchen Ängsten zu befreien, um Gott als den *Abba Vater* kennenzulernen, von dem Jesus gesprochen hat. An genau diese mutigen Männer und Frauen, die sich trauen, groß und weit über Gott und sein Wirken zu denken, ist das gerichtet, was ich schreibe.

Wenn Sie dazugehören – wenn Sie Fragen haben, frustriert sind in Bezug auf den Glauben, wenn Sie etwas spannend finden, Ängste, Zweifel, Hoffnungen haben oder auch Träume darüber, wie groß Gott wirklich ist und wie wunderbar seine ewigen Absichten für das Universum –, dann hoffe ich, dass Sie in diesem Buch Nahrung für Ihre Gedanken und Sehnsüchte gefunden haben.

Ich möchte Sie auch einladen, meinen Blog zu lesen, wo viele Gleichgesinnte ganz ähnliche Fragen, Frustrationen, Spannendes, Ängste, Zweifel, Hoffnung und Träume austauschen … und gemeinsam lernen, Mut zu fassen für die geistliche Suche.

Wir lernen, groß über Gott zu denken.

Wir schauen auch zwischen die Zeilen der Bibel, um Gottes tiefere Absichten zu entdecken.

Wir versuchen, den Kopf einzusetzen, den Gott uns gegeben hat, statt uns zur Definition der Parameter des Glaubens auf Klischees und Formeln zu verlassen.

Wir ermutigen und unterstützen einander auf diesem begeisternden und herausfordernden Weg, der uns ein Herzensanliegen ist.

Wir beten darum, dass wir so leben, wie Frank Laubauch es formuliert – nämlich indem wir das Leben, die Welt, die Menschen und Gottes Ziele durch Gottes Brille sehen.

Wir wollen unsere Überzeugungen leben, indem wir die Gebote Jesu befolgen.

Wir bemühen uns, mutig denkende, gehorsame Christen zu sein.

Als Jesus gefragt wurde, welches das größte der Gebote sei, da antwortete er mit den bekannten Worten: „Du sollst den Herrn, deinen Gott, lieben von ganzem Herzen, von ganzer Seele, von ganzem Gemüt und von allen deinen Kräften“ (Markus 12, 30). Der griechische Begriff, der hier als „Kräften“ übersetzt wird, bedeutet wörtlich übersetzt *verstehen*. Wir sollen Gott nicht nur gedanklich lieben … wir sollen danach streben, ihn zu *verstehen*. So vertiefen wir nämlich unsere Liebe zu ihm – indem wir verstehen, wie er ist und wie er wirkt.

Der griechische Gelehrte E. V. Rieu formuliert diese Aussage in seiner Übersetzung: „Du sollst den Herrn deinen Gott lieben mit all deinem *Denken*.“

Was für eine fantastische Erkenntnis. Er bringt damit genau auf den Punkt, was wir in unserem Blog tun, weshalb wir hoffen, dass Sie ein Stück des Weges mit uns gemeinsam gehen. Wir lernen, mutig über Gott und seine Ziele zu *denken*.

Der Name des Blogs ist *DareToThinkBigAboutGod.*

MIX
Papier aus verantwortungsvollen Quellen
FSC® C014496

Verlagsgruppe Random House FSC® N001967
Das für dieses Buch verwendete FSC®-zertifizierte Papier
Munken Premium Cream liefert Arctic Paper Munkedals AB, Schweden.

Die amerikanische Originalausgabe erschien als eBook 2013
im Verlag Bondfire Books LLC, Colorado,
und als Printausgabe 2013 bei Yellowood House,
an imprint of Sunrise Books,
unter dem Titel „Hell and Beyond".

Die Bibelzitate wurden den jeweils angegebenen Bibelübersetzungen entnommen.

1. Auflage 2014
Bestell-Nr. 816938
ISBN 978-3-86591-938-0

Umschlaggestaltung: Björn Steffens
Umschlagillustration: Jeannette Woitzik
Satz: Greiner & Reichel, Köln
Druck und Verarbeitung: GGP Media GmbH, Pößneck
Printed in Germany